古典文獻研究輯刊

四 編

曾 永 義 主編

第 6 冊

唐傳奇的寫作技巧

丁肇琴 著

國家圖書館出版品預行編目資料

唐傳奇的寫作技巧／丁肇琴 著 — 初版 — 新北市：花木蘭文
化出版社，2012〔民 101〕

目 2+142 面：19×26 公分

（古典文學研究輯刊　四編：第 6 冊）

ISBN：978-986-254-755-7（精裝）

1. 唐代傳奇 2. 寫作法

820.8　　　　　　　　　　　　　　　　101001732

古典文學研究輯刊

四　編　第　六　冊　　　　　　ISBN：978-986-254-755-7

唐傳奇的寫作技巧

作　　者　丁肇琴
主　　編　曾永義
總 編 輯　杜潔祥
出　　版　花木蘭文化出版社
發 行 所　花木蘭文化出版社
發 行 人　高小娟
聯絡地址　新北市永和區中正路五九五號七樓之三
　　　　　電話：02-2923-1455／傳真：02-2923-1452
網　　址　http://www.huamulan.tw 信箱 sut81518@ms59.hinet.net
印　　刷　普羅文化出版廣告事業
初　　版　2012 年 3 月
定　　價　四編 32 冊（精裝）新台幣 52,000 元

唐傳奇的寫作技巧

丁肇琴　著

作者簡介

　　丁肇琴（1952-），祖籍山東省日照縣，出生於臺北市。臺灣大學中文系學士、碩士，輔仁大學中文系博士。師事葉慶炳教授、曾永義教授及車錫倫教授，研究領域為古典小說、俗文學。曾任明道中學、育達高商國文教師，《明道文藝》、《天下雜誌》編輯，現任世新大學中文系副教授。

　　著作有《唐傳奇的寫作技巧》、《俗文學中的包公》，編著有《古典小說選讀》、《筆記小說選讀》，及合著散文集《愉快人間》等。

提　　要

　　我國古典小說向分文言與白話二支，唐傳奇即為前者最早成熟之成品。過去學者多從校勘原文、考證作者、追溯本事及探尋背景等方向加以研究，而忽略其作品本身之藝術價值。劉開榮《唐代小說研究》為第一本唐代小說研究專書，亦屬外緣研究，甚少涉及寫作技巧之分析；1970 及 1971 年一群年輕學者曾在《現代文學》雜誌上展開對唐傳奇的熱烈討論，但僅限於少數篇章，仍缺乏整體性之研究。

　　作者有鑒於此，即以汪國垣《唐人傳奇小說集》（原名《唐人小說》）、王夢鷗《唐人小說校釋》及張友鶴《唐宋傳奇選》等選本為基礎，另自《太平廣記》、《唐代叢書》、《雲谿友議》、《三水小牘》等書中挑選佳作，合計一百四十餘篇，作為研究對象，在葉慶炳教授的指導下，根據近代小說技巧理論加以研究。

　　本論文共分五章，前四章分別從結構、人物刻畫、主題呈現及景物等描寫方面、分析唐傳奇的寫作技巧，末章則為結論。經實際分析比較後，可以證實唐傳奇的確具有相當的藝術價值，且身居我國小說史上承先啟後之地位，值得吾人珍視。

目

次

緒　言

民國以來，不少學者都曾研究過唐代的傳奇〔註1〕小說，如史學大師陳寅恪先生有專文討論〈續玄怪錄〉、〈鶯鶯傳〉等問題，〔註2〕《中國小說史略》的作者周氏也編有《唐宋傳奇集》一書，〔註3〕但眞正將唐代傳奇小說帶進一個更廣大的研究領域的，應該要算是編選《唐人小說》的汪國垣先生〔註4〕了。

《唐人小說》（又名《唐人傳奇小説集》）是在己巳年〔1929〕編輯完成的，分爲上下兩卷。上卷選了三十篇單篇小說，下卷則從《玄怪錄》等七本專著〔註5〕中挑出三十八篇作品，故一共是六十八篇。這本唐人小說的選集在篇數上超過周氏的《唐宋傳奇集》甚多，〔註6〕而且「佳篇略備」（汪書〈序

〔註1〕 傳奇之名，最早見於唐代。唐末裴鉶著有《傳奇》三卷（見《新唐書・藝文志》），内容俱爲小說。至宋，王銍、趙德麟稱〈鶯鶯傳〉爲傳奇（見趙德麟《侯鯖錄》。元・陶宗儀《輟耕錄》云：「唐有傳奇，宋有戲曲諢詞小說，金有院本雜劇。」則「傳奇」已與其他文學體裁並列，成爲專稱。

〔註2〕 陳寅恪，〈順宗實錄與玄怪錄〉，收於《北京大學四十周年紀念論文集乙編》；陳寅恪，〈讀鶯鶯傳〉，《中央研究院歷史語言研究所集刊》第十七本，後收於《元白詩箋證稿》（臺北：作者自刊本）。

〔註3〕 劉開榮，《唐代小說研究》（臺北：臺灣商務印書館，1968年），頁215。

〔註4〕 汪辟疆，諱國垣，以字行，曾任南京中央大學中文系副教授。抗戰期間校遷重慶沙坪壩，任中文系系主任。著有《唐人小說》、《目錄學研究》等書。詳見《國語日報・副刊・書和人》第三一三期，政大教授王先漢撰〈汪辟疆先生及其國學書目〉。

〔註5〕 《唐人小說・序例》：「本編分上下二卷：上卷錄單篇，下卷錄專著。……若《玄怪錄》、《續玄怪錄》、《集異記》、牛肅《紀聞》、《甘澤謠》、裴鉶《傳奇》、《三水小牘》，或散在叢書，或備存《廣記》，其文旣爲傳奇之體，而書不易得，悉得甄錄。」故汪氏此處所謂專著，係專指原書已佚而賴他書收存的諸篇而言。

〔註6〕 劉開榮《唐代小說研究・序論》：「唐人小說雖不多，然而僅就魯迅先生校錄

例〉言），更重要的是汪氏在校正原文、考證作者、追溯本事以及排比相關的筆記、戲曲資料方面，的確是花費了不少心血，使讀者省去了許多檢尋他書的麻煩，同時對有興趣進一步研究的人也指示了一個正確的方向。

　　汪氏這種作法可以說是研究唐傳奇的第一條路，也是最基本的一條路。到了 1946 年，劉開榮的《唐代小說研究》出版，又爲唐傳奇的研究開啓了第二條路。因爲劉氏是史學家，研究的角度與汪氏自然有所不同。劉書也分爲上下兩篇，上篇是傳奇小說，下篇是「俗文」小說。在傳奇小說部分，劉氏選了最具代表性的〈古鏡記〉、〈補江總白猿傳〉等十篇，﹝註7﹞從時代背景和社會環境等方面做了深入詳盡的探討，又對其中幾篇的作者和著成年代加以扎實的考證。﹝註8﹞假如我們把唐傳奇本身比做是奇花異草的話，那麼劉氏幾乎已把栽培它們的土壤、肥料都研究出來了。但事實上劉氏原來的理想並非僅止於此，他在〈序論〉中說：「本文在傳奇小說一篇，有一個新的計畫，就是把『史』的研究和小說的研究，看得同等重要；換言之，就是先研究小說產生的客觀環境和因素，然後再進而研究小說的內容和形式及其特有的藝術價值。」然而這種理想並未完全實現，因爲劉書中「史」的研究已占去八成以上的篇幅，內容和形式部分也著墨不多，﹝註9﹞至於所謂「特有的藝術價值」，則只有在論及〈白猿傳〉、〈李娃傳〉和〈虯髯客傳〉時略微提及而已。雖然如此，劉氏在唐傳奇的研究方面，委實貢獻了不少心力，在重視小說本身的研究上也有開風氣之先的功勞。

　　繼劉氏之後，曾於廣西大學講授「中國小說史」的祝秀俠，在 1957 年出了一本《唐代傳奇研究》，此書直接以「傳奇」之名涵蓋唐人小說，﹝註10﹞又依題材分唐傳奇爲戀愛故事、俠義故事、神怪故事、史外逸聞故事、娼妓故

的《唐宋傳奇集》上冊所收集的，就有三十二篇。」

﹝註7﹞ 劉氏以〈古鏡記〉與〈補江總白猿傳〉爲傳奇小說的前期作品，〈周秦行紀〉及〈李娃傳〉反映朋黨之爭，〈鶯鶯傳〉、〈霍小玉傳〉描述進士與娼妓，〈枕中記〉和〈南柯太守傳〉表現道教思想，〈紅線傳〉及〈虯髯客傳〉則是藩鎮跋扈的具體寫照。

﹝註8﹞ 考證作者的有〈周秦行紀〉、〈李娃傳〉、〈枕中記〉、〈南柯太守傳〉及〈虯髯客傳〉等。考證著成年代的有〈白猿傳〉、〈周秦行紀〉和〈虯髯客傳〉。

﹝註9﹞ 此點可由該書引用大批史料及考證文字得知。在內容和形式的討論方面，僅〈鶯鶯傳〉、〈霍小玉傳〉較爲詳盡而已。

﹝註10﹞ 汪書原名《唐人小說》（後人改爲《唐人傳奇小說集》），似不甚同意周氏用「傳奇」二字。劉氏分唐人小說爲「傳奇小說」與「俗文小說」，除〈遊仙窟〉爲俗文小說外，其餘十篇皆屬傳奇小說。祝氏則一律稱爲「傳奇」。

事和商賈故事六類，探討各類故事產生的社會背景並介紹重要作品的內容，論及的佳篇比汪氏《唐人小說》略多。〔註11〕雖然祝氏在〈自序〉中表明「對唐傳奇非作一史之概述」，但細讀全書，他走的仍屬劉氏所開的第二條路，只是在作品內容的介紹上加強了許多，至於劉氏早已注意到的「藝術價值」則未見特別發揮。

　　1963 年以後，政大教授王夢鷗先生陸續發表了不少有關唐代小說的論文。〔註12〕王先生著重作者考辨、版本校勘和文字校注等，並對小說集的編纂、流傳及內容分析等方面撰寫專文討論，可以說是兼採汪、劉二氏的路徑做審慎徹底研究的第一人。目前這些論文已結爲《唐人小說研究》一至四集，〔註13〕是研究唐人小說不可不讀的專著。

　　就在王先生孜孜矻矻搜殘考證的幾乎同一段時間，另有一些學者則把目光投注在唐傳奇的藝術價值上。最早要算是 1959 年葉師慶炳在《文學雜誌》所發表的〈「虬髯客傳」的寫作技巧〉一文，〔註14〕到了 1970、1971 年間，在《現代文學》雜誌「中國古典文學研究」專欄〔註15〕上，更湧現了一批年輕的文學研究者對唐傳奇的熱烈討論，〔註16〕如李元貞的〈李復言小說中的點睛技巧〉、〈試論唐人傳奇：「任氏傳」〉及吳達芸〈讀「甘澤謠」〉、朱昆槐〈一篇不平凡的唐朝小說──「霍小玉傳」試評〉等四篇就完全是站在寫作技巧的觀點下筆，而林文寶的〈牛僧孺與「玄怪錄」〉、陳端端的〈牛肅與「紀聞」〉、林明德的〈袁郊及其「甘澤謠」〉等三篇也在作者、形式等問題之外兼

〔註11〕祝氏論及的唐傳奇各類故事均在十篇以上（史外逸聞故事九篇，爲例外），神怪故事更多達三十四篇，扣去重複者，全書所論的篇數約在一百左右。

〔註12〕王氏有關唐人小說的論文，最早的是以筆名「蕭間」發表於 1960 年 3 月《暢流》二一卷二期的《枕中記及其作者》，該文後經改寫復發表於 1963 年 12 月的《幼獅學誌》五卷二期。

〔註13〕《唐人小說研究》首集是考證《纂異記》及《傳奇》二種，二集是陳翰《異聞集》的考證，三集是孟棨《本事詩》的考證，四集上篇以《玄怪錄》及其後繼作品爲主，下篇則是有關〈白猿傳〉、〈謝小娥〉、〈東城老父傳〉、〈袁氏傳〉、〈虬髯客傳〉等專文五篇。

〔註14〕見 1959 年 10 月《文學雜誌》七卷二期。

〔註15〕《現代文學》雜誌，自 1967 年 12 月第三十三期推出「中國古典文學研究專號」起，即每期刊出「中國古典文學研究」的專欄，並於 1971 年連續刊出兩期（第四十四、四十五期）的「中國古典小說專號」。

〔註16〕有關唐傳奇的這些文章都是發表在 1970 年 12 月、1971 年 5 月及 9 月的《現代文學》上（即第四十二、四十三、四十四期），作者多半是臺大中文系及研究所的學生。

論這些小說集的技巧表現。可見唐傳奇的寫作技巧逐漸受到重視，劉開榮的未竟之志，已由這一批後起之秀接棒努力了。

事實上唐傳奇的篇帙繁多，佳構也不僅限於〈虬髯客傳〉、〈杜子春〉、〈任氏傳〉、〈霍小玉傳〉等幾篇。這些零星的評析文章固然可以加強讀者對某幾篇作品的鑑賞，但如果能根據近代小說技巧理論對唐傳奇的佳作做整體性的研究，應當更能凸顯它「特有的藝術價值」。可惜這件工作始終沒有得到學者的青睞，直到 1985 年 5 月才有一位韓國籍的研究生提出《唐人小說的寫作技巧研究》的論文。〔註 17〕筆者在詳讀該文之後，覺得還有不少可以商榷及補充之處，所以才不揣譾陋，決定繼續朝這方面去努力。

筆者以爲研究唐傳奇的寫作技巧，必須要先找出唐傳奇本身具備了那些技巧，然後再看這些技巧用今天研究小說的觀點是否站得住。所以筆者以四章的篇幅分別從結構、人物、主題和景物等方面來討論唐傳奇的寫作技巧，希望能把唐傳奇特有的藝術價值看得更清晰。

由於唐傳奇各選本文字略有差異，故本論文引用各篇小說原文時，皆以臺北文史哲出版社《太平廣記》（以下簡稱《廣記》）爲準。第一次引用時，於篇目後標明屬《廣記》之卷數；如選本篇名與《廣記》不同，亦標出該篇於《廣記》之題目。至於《廣記》未收者，則註其出自何書。

另外要聲明的是：唐傳奇是活躍在第八、九世紀的中國文學作品，〔註 18〕而所謂的小說理論卻是西方近幾世紀才逐漸發展出來的，唐傳奇的作者們並不是在嫻熟小說理論後才去從事創作，所以唐傳奇本身也往往具有若干缺失，〔註 19〕並非篇篇都無懈可擊。但本文既以討論「寫作技巧」爲題，故仍以提出各篇的優點佳妙處爲主，盡量避免涉及缺失的長篇論述，以免離題太遠。

〔註 17〕這位研究生是俞炳甲，他是輔仁大學中文研究所碩士，該論文係由王夢鷗教授指導。又 1986 年東吳大學中文研究所的張曼娟，提出《唐傳奇之人物刻劃》爲碩士論文，其中第三章第二節爲〈唐傳奇人物之刻劃技巧〉（頁 169～179）。該論文係由吳宏一教授指導。

〔註 18〕葉師慶炳《中國文學史·第二十講　唐代傳奇與變文》：「傳奇小說盛行於代宗大曆（766～779）至懿宗咸通（860～873）約一百年間。」

〔註 19〕如最爲人詬病的，傳奇作品中往往夾雜詩歌與議論文字等。

第一章　唐傳奇結構的技巧

　　談到小說技巧，有些人認爲人物最重要，人物刻畫成功，小說也就成功了；但另一部分人則主張結構更要緊，結構如果能臻於完美，才算達到小說的極致。雖然二次世界大戰以後，西方文壇有否定小說結構的傾向，如法國的前衛作家們喊出「反故事、反情節、反小說……」的口號，〔註1〕但我們討論的是盛行於唐代代宗至懿宗（766～873）的傳奇小說，自然仍需把結構放在重要的位置上，尤其唐傳奇的結構的確有與眾不同之處，更是不能等閒視之的。

　　在討論唐傳奇結構之前，筆者想把幾個大家經常使用的名詞說明清楚，以避免不必要的混淆和困擾，那就是「故事」、「情節」、「結構」和「布局」。

　　根據英國小說佛斯特（E. M. Forster，1879～1970）在《小說面面觀》（Aspects of the Novel）一書中所下的定義，故事是「按時間順序安排的事件的敘述」；至於情節「也是事件的敘述，但重點在因果關係上」，佛斯特並舉例說：

　　　　「國王死了，然後王后也死了」是故事。

　　　　「國王死了，王后也傷心而死」則是情節。〔註2〕

二者判然可別。那麼結構又是什麼呢？結構和情節之間有何關係？

　　　　結構是對人物、事件的組織安排，是謀篇布局、構成藝術形象的重
　　　　要手段。〔註3〕

　　　　我們通常把結構稱爲情節結構。這說明情節與結構是有密切關係
　　　　的。就古典小說而言，其結構基本上就是情節的結構，結構的基本

〔註1〕 周伯乃著，《現代小說論》（臺北：三民書局），頁 126。

〔註2〕 佛斯特著，李文彬譯，《《小說面面觀》》（臺北：志文出版社），頁 75。

〔註3〕 貫文昭、徐召勛著，《中國古典小說藝術欣賞》（臺北：里仁書局），頁 24。

> 任務就是組織情節。……但結構與情節畢竟不同。結構並不僅僅是
> 情節的結構。結構大於情節。有些作品有結構，但不一定有情節。
> 像有的抒情詩就沒有情節。古典小說雖然都有情節，但也常常有一
> 些非情節的因素。結構的任務除了對情節的因素進行組織安排外，
> 還要對非情節的因素進行組織安排。〔註4〕

如果一篇小說的結構就是按照情節進行，沒有其他任何非情節因素（如作者的議論、入話、楔子、詩詞等），那麼這篇小說的結構就等於情節；換句話說，狹義的結構就是情節。西方短篇小說多半如此，所以英文 plot 一詞，有時翻成中文的結構，也有時翻成情節。但我們中國的古典小說常含有一些非情節的因素，尤其是唐傳奇，泰半都有議論、詩歌及寫作緣由的穿插，所以要有「結構大於情節」的觀念。

至於「布局」一詞，如果當作名詞使用，跟「情節」的意義是一樣的，也和英文的 plot 相當。〔註5〕但布局可以當動詞使用，譬如我們可以說「寫小說應如何布局」，卻不能說「寫小說如何情節」，所以布局常表示「安排情節」的意思，而結構也可以作動詞用，因此有時布局和結構又幾乎是同義語了。

爲了方便起見，筆者將結構當作大於情節的意義來使用，布局則指安排情節。如果引用各家說法有歧異的情形，自當另外加註說明。

提起唐傳奇的結構，馬上就使人想到宋趙彥衛《雲麓漫鈔》卷八裏「溫卷」的說法：

> 唐之舉人，先藉當世顯人，以姓名達之主司，然後以所業投獻，踰
> 數日又投，謂之「溫卷」。如《幽怪錄》、《傳奇》等皆是也。蓋此等
> 文備眾體，可以見史才、詩筆、議論。至進士，則多以詩爲贄，今
> 有唐詩數百種行於世者是也。

這種說法近來有不少學者反對，〔註6〕但唐傳奇的結構往往將「史才、詩筆、

〔註4〕同前註，頁28～29。

〔註5〕顏元叔主譯的《西洋文學術語叢刊》（臺北：黎明文化公司）共有二十冊，其中第八冊 plot，林怡俐譯爲「情節布局」。

〔註6〕如馮師承基〈論「雲麓漫鈔」所述傳奇與行卷之關係〉（見馮師著《小說卮言》頁23～30，臺北：長安出版社）中考證唐代貢舉盛於開元、天寶之前，而傳奇多於開元、天寶之後，在時間上不能相應。

羅師聯添〈唐代文學史兩個問題的探討〉（見羅師編《中國文學史論文選集》（三）頁1165～1183，臺北：學生書局）一文根據吳庚舜與馮師承基二人的意見加以補充，結論是「傳奇和溫卷實在扯不上關係」。

議論」結爲一體則是事實。筆者曾試將汪國垣所編的《唐人傳奇小說集》（原名《唐人小說》）上卷三十篇作一觀察，結果發現有議論的占十六篇，超過半數；有詩歌的則恰爲半數，十五篇；另外在篇中註明寫作緣由（這似與史筆有些關係）的也有十二篇，也占了四成。至於這三樣全沒有的，一共只有四篇（〈補江總白猿傳〉、〈上清傳〉、〈秀師言記〉和〈冥音錄〉），可見唐傳奇在結構上的確有特殊之處。

　　下表是以目前最通行的三種唐傳奇選本——汪國垣《唐人傳奇小說集》（以下簡稱汪本）上下卷、王夢鷗《唐人小說校釋》（以下簡稱王本）上下冊及張友鶴《唐宋傳奇選》（以下簡稱張本）的唐傳奇部分做出的統計。把汪本上下卷和王本上下冊分開統計，除了計算方便以外，主要的原因是汪本「上卷次單篇，下卷存專著」（汪本〈序〉），二者頗有分別；而王本下冊「多爲晚唐作品」（王本下冊〈敍例〉），統計的結果恰可以看出時代對作品結構的影響。

唐傳奇結構形式統計表

	汪本上卷 30 篇		汪本下卷 38 篇		王本上冊 18 篇		王本下冊 30 篇		張本 35 篇	
有議論	16	53.3%	4	10.5%	7	38.9%	6	20%	13	37.1%
有詩歌	15	50%	15	39.5%	4	44.4%	5	16.7%	14	40%
有緣由	12	40%	2	5.3%	5	27.8%	4	13.3%	10	28.6%
皆無	4	13.3%	19	50%	6	33.3%	18	60%	10	28.6%

　　我們可以發現，各本當中有詩歌的篇數多超過四成，有議論的也多半超過三成，可以算是相當普遍，所以本章先討論唐傳奇結構中詩歌和議論的穿插，然後再從敘述方式、敘事觀點及伏筆、懸疑等布局技巧加以分析。至於「寫作緣由」一項，因與主題呈現的關係較爲密切，所以將在第四章論及。

第一節　詩歌的穿插

　　唐傳奇這種合「史才、詩筆、議論」於一體的特殊結構到底好不好，實在很難一概而論。就拿詩歌來說，在小說中說如果夾雜若干配合人物身分或

王夢鷗〈唐人小說概述〉（見《中國古典小說研究專集》（三）頁 37～47，臺北：聯經出版公司）中也說：「溫卷的行爲在元和之後才流行，主考官也不一定是『小說迷』，因此說溫卷刺激唐人小說的發展，其事在後。對於唐人小說沒有那麼大的關係。」

情景氣氛的詩，不也是一種別出心裁的修辭法嗎？但如果通篇累牘皆是如此，那就不免有矯揉造作、賣弄詩才的嫌疑了。像張文成的〈遊仙窟〉，除了引用《詩經》六章外，還有律詩、絕句、雜言詩等共七十六首，實在駭人！而〈東陽夜怪錄〉（《廣記》卷四九○）、〈嵩岳嫁女〉（《廣記》卷五○）、〈江客仁〉（《雲谿友議》卷下）、〈步飛煙〉（《廣記》卷四九一，題曰〈飛煙傳〉）等篇也都各有十幾首詩穿插其中，足以讓人眼花撩亂。大概說來，一篇唐傳奇如果只有一兩首詩歌，所展現的效果多半不錯；三五首也還勉強可觀，如果配合得好的話；要是超過六七首以上，就很難不使人覺得累贅或厭煩了。

現在就來看看把詩歌運用在唐傳奇當中成功的例子。

最能將詩意和情節融合一氣的，要算是〈柳氏傳〉（《廣記》卷四八五）了。那兩首詩是這樣的：

> 章臺柳，章臺柳，昔日青青今在否？
> 縱使長條似舊垂，亦應攀折他人手。

> 楊柳枝，芳菲節，所恨年年贈離別。
> 一葉隨風忽報秋，縱使君來豈堪折！〔註7〕

前一首是韓翃題在盛了麩金的練囊上派人送給柳氏的，後一首則是柳氏捧金嗚咽答覆翰翊的。二詩都用了一個特殊的象徵——柳，柳既是一種代表離別的植物，也是柳氏的姓。這種寫法使兩首詩都充滿了悽愴的情感，今非昔比，物易人更非。而且詩中還暗示了後部情節的發展，「攀折他人手」——果然柳氏被蕃將沙吒利所劫；「縱使君來豈堪折」——恰為龍首岡韓翊驚鴻一瞥，大不勝情的寫照。

再看唐傳奇最膾炙人口的〈鶯鶯傳〉（《廣記》卷四八八），〈鶯鶯傳〉裏有五絕二首、七絕二首及五言排律三十韻。徐了楊巨源那首〈崔娘詩〉和元稹的〈續生會眞詩〉三十韻顯得辭費以外，其餘的三首詩都是極爲精采的。如崔鶯鶯的〈明月三五夜〉：

> 待月西廂下，迎風戶半開。
> 拂牆花影動，疑是玉人來。

堪稱是一首絕妙的邀請函，表面上含蓄得沒有一個「請」字，骨子裏卻是熱情至極的邀約：題目中的「三五夜」是時間，第一句「西廂」是地點，第二句「戶

〔註7〕 龔鵬程云：「〈章臺柳〉，實爲詞，孟棨誤以爲是詩，非是。」詳見其〈章臺之柳何青青〉一文，《鵝湖》三卷七期，頁46。

半開」表示歡迎，第三句「拂牆花影動」暗示進入的方式，最後一句的「玉人」就指張生，難怪張生在「既望之夕」會興沖沖地「梯其樹而踰焉」了。

篇末鶯鶯在拒絕和張生會面以後所作的兩首：

自從消瘦減容光，萬轉千迴懶下牀。

不為旁人羞不起，為郎憔悴卻羞郎。

棄置今何道，當時且自親。

還將舊時意，憐取眼前人。

也都是極哀怨動人的佳構，相信任何人都不會同意將它們自〈鶯鶯傳〉中刪除的。

陳鴻的〈東城老父傳〉（《廣記》卷四八五）和〈長恨傳〉（《廣記》卷四八六）篇中都沒有作者自作的詩歌，但陳鴻卻非常巧妙地引用了時人的作品，把當時大家對賈昌、貴妃的欽羨心理表現得非常貼切。〈東城老父傳〉引用的是一首七古：

生兒不用識文字，鬥雞走馬勝讀書。

賈家小兒年十三，富貴榮華代不如。

能令金距期勝負，白羅繡衫隨軟舉。

父死長安千里外，差夫持道輓喪車。

短短五十六個字，道盡賈昌的少年得意，但也蘊含了許多不平和嘲諷！〈長恨傳〉則是引用了兩章謠詠：

（一）生女勿悲酸，生男勿喜歡。

（二）男不封侯女作妃，看女卻為門上楣。

這在素來重男輕女的社會，真是絕大的諷刺！事實上，楊貴妃自受寵後，父贈母封，姊妹兄弟也都各有榮祿，所謂「楊氏權傾天下」（宋·樂史〈楊太真外傳〉語）的確不假，一般男子當然是望塵莫及了。

所以陳鴻將詩歌屬在這兩篇傳中，有加強說明時代背景的作用，一點也不牽強。

唐傳奇中時代較早的〈古鏡記〉（《廣記》卷二三〇，題曰〈王度〉）只有一首四言歌，這首歌是化為人形的婢女鸚鵡臨終所唱：

寶鏡寶鏡！哀哉予命！自我離形，於今幾姓？

生雖可樂，死必不傷。何為眷戀，守此一方！

悲壯動人，惹得一座驚歎！鸚鵡是第一個被古鏡收伏的狸妖，她的個性透過

幾段對話和這首歌做了清晰的表達，使這篇神怪傳奇一開始就呈現出奇幻迷離的風貌。

　　另一篇神怪味道也很濃厚的〈柳毅〉（《廣記》卷四一九）則穿插了三首騷體詩，是洞庭君宴請柳毅時和錢塘君三人分別唱出的：

　　　　大天蒼蒼兮，大地茫茫。人各有志兮，何可思量。

　　　　狐神鼠聖兮，薄社依墻。雷霆一發兮，其孰敢當。

　　　　荷眞人兮信義長，令骨肉兮還故鄉。

　　　　齊言慚愧兮何時忘！（洞庭君）

　　　　上天配合兮，生死有途。此不當婦兮，彼不當夫。

　　　　腹心辛苦兮，涇水之隅。風霜滿鬢兮，雨雪羅襦。

　　　　賴明公兮引素書，令骨肉兮家如初。

　　　　永言珍重兮無時無。（錢塘君）

　　　　碧雲悠悠兮，涇水東流。傷美人兮，雨泣花愁。

　　　　尺書遠達兮，以解君憂。哀冤果雪兮，還處其休。

　　　　荷和雅兮感甘羞。山家寂寞兮難久留。

　　　　欲將辭去兮悲綢繆。（柳毅）

姑不論洞庭君和錢塘君是否能有如此高的文學素養，但這三首詩的內容的確可以看出他們的身分及感觸，並且造成一種相當高亢悲壯的氣氛。

　　出自裴鉶《傳奇》的〈孫恪〉（《廣記》卷四四五），女主角袁氏有五絕、七絕各一首，都穿插得非常好。她一開始吟的是：

　　　　彼見是忘憂，此看同腐草。

　　　　青山與白雲，方展我懷抱。

袁氏手摘萱草、凝思庭中的情景想必非常動人！這首詩從她口中吟出，可以推知她不是一位凡俗女子，使人對故事的發展更好奇。到了篇末，袁氏目睹野猿悲嘯跳躍，又在峽山寺壁題下：

　　　　剛被恩情役此心，無端變化幾涅沈。

　　　　不如逐伴歸山去，長嘯一聲烟霧深。

詩中已透露心情有異，接下來竟「裂衣化爲老猿，追嘯者躍樹而去」，使全篇達到了最高潮。

　　這兩首詩一前一後，正好充分反映了袁氏的心境，同時也代表了情節的展開和結束。

　　另一篇出自《傳奇》的〈裴航〉（《廣記》卷五〇）也有兩首詩，並且占著很重要的地位，第一首：

　　　　同為胡越猶懷想，況遇天仙隔錦屏。

　　　　儻若玉京朝會去，願隨鸞鶴入青雲。〔註8〕

是裴航寫給樊夫人表達愛慕之意的，但是託裊煙送去後有如石沈大海，久久沒有消息。後來裴航又送名醞珍果給樊夫人，樊夫人才和他見面，說明自己的立場，並贈詩一首：

　　　　一飲瓊漿百感生，玄霜搗盡見雲英。

　　　　藍橋便是神仙窟，何必崎嶇上玉清。

裴航看了這首詩，並不能洞悉其中的旨趣。其實這是作者特意安排的，因為往後的情節完全是依據這首詩發展，裴航果然在藍橋驛遇見雲英，喝下了瓊漿，最後成了上仙。

　　〈韋自東〉（《廣記》卷三五六）也出自《傳奇》，它唯一的詩出現在篇末，那位假扮成道士的妖魔為了騙過韋自東，故意作了這麼一首詩，還要韋自東繼和：

　　　　三秋稽顙叩真靈，龍虎交時金液成。

　　　　絳雪既凝身可度，蓬壺頂上彩雲生。

自東聽了不疑有他，釋劍而禮之，卻中了妖魔的詭計，藥鼎爆烈，前功盡棄。如果沒有這首詩，韋自東可能還會守住洞口，妖魔也不可能得逞。可見這首詩是情節上的重要關鍵，安排得非常巧妙。

　　〈崑崙奴〉（《廣記》卷一九四）也是《傳奇》中的一篇，兩首七絕分別由男女主角吟出。先是崔生在一品勳臣處見了紅綃，返家後茶飯不思所吟的：

　　　　誤到蓬山頂上遊，明璫玉女動星眸。

　　　　朱扉半掩深宮月，應照瓊芝雪豔愁。

而後崑崙奴背負崔生越過十幾重牆垣，進入歌妓院內，聽到紅綃長嘆，吟詩曰：

　　　　深洞鶯啼恨阮郎，偷來花下解珠璫。

　　　　碧雲飄斷音書絕，空倚玉簫愁鳳凰。

這兩首詩表現的方式和內容都很類似，如蓬山和阮郎用典雖異，卻都是指豔遇；明璫亦即珠璫，二人的心境也同是一個「愁」字，顯然這是作者特意安排用來表現男女主角靈犀相通。透過這樣一個安排，讀者可以愈發相信，他

們一定能衝破一切難關而結合，情節的發展也正是如此，所以這兩首詩也具有不可忽視的作用。

《三水小牘》中的〈步飛煙〉是頂哀豔動人的，步飛煙和趙象的戀情就是藉著詩的往來而開展。乍讀之下也許會覺得厭煩，很簡單的一個愛情故事，居然穿插了五絕一首、五律一首和七絕七首以及七言二句二章，詩的分量實在太重了，但這些詩有時的確有它情節上的作用。如趙象第一次收到步飛煙寫的：

> 綠慘雙娥不自持，只緣幽恨在新詩。
>
> 郎心應似琴心怨，脈脈春情更擬誰？

「吟諷數四，拊掌喜曰：『吾事諧矣。』」因為飛煙在詩裏並沒有責怪他輕佻，反而問他「脈脈春情更擬誰」？假如他們二人就用詩一來一往順利的發展下去，讀來也就沒有興味了。作者皇甫枚的安排是趙象立刻寫了首七律去道謝，七律在字數上是七絕的兩倍，這也可以看出趙象當時興奮的程度。但結果卻是「詩去旬日，門嫗不復來。」將趙象的情緒陡地降低，再以趙象一首幽邈的七絕帶出飛煙玉體微恙的消息，趙象讀畢飛煙的贈詩，趕緊又回信並附上一首詩，詩的末兩句是：

> 叩頭為報煙卿道，第一風流最損人。

飛煙罹疾，趙象相思，兩人心裏都不好過，所以必須來一個轉機，使二人早日見面，飛煙的回信和詩裏已經透露了見面之意：

> 畫簷春燕須同宿，洛浦雙鴛肯獨飛？
>
> 長恨桃源諸女伴，等閒花裏送郎歸。

趙象因而喜不自持，但焚香虔禱以候。後來二人利用武公業功曹府直的良時幽會，盡繾綣之意。第二日又以七絕互贈，飛煙這時已經把自己的生命整個託交給趙象了，因為她寫的是：

> 相思只怕不相識，相見還愁卻別君。
>
> 願得化為松下鶴，一雙飛去入行雲。

她心裏只有趙象，最大的願望是和趙象廝守一生，這當然是不可能的，所以終以悲慘的下場結束了這一段孽情。篇末作者還引用了當時洛中兩位才士的詩句來評斷飛煙的行為，這崔、李二生對飛煙的評語一褒一貶，相去甚遠：

> 恰似傳花人飲散，空牀拋下最繁枝。（崔詩末句）
>
> 豔魄香魂如有在，還應羞見墜樓人。（李詩末句）

讀來真是饒有趣味。

　　總之，〈步飛煙〉這篇詩雖然用得比較多，但多半能和情節緊密扣合，所以顯得波瀾迭起，引人入勝，比〈遊仙窟〉、〈周秦行紀〉等篇要高明多了。

　　詩歌與情節緊密配合的另一篇〈鄭德璘〉（《廣記》卷一五二），共有七絕五首，每一首都有作用，如第一首秀才吟的：

> 物觸輕舟心自知，風恬浪靜月光微。
>
> 夜深江上解愁思，拾得紅蕖香惹衣。

被鄰舟女用韋氏的紅箋寫下，後來竟變成韋氏回報德璘的贈詩，使得二人互生情愫。後來韋氏全家歿於洞庭。德璘作的二首〈弔江姝詩〉又感動了水神，因而促成了二人的姻緣。最後老叟筆書一絕，德璘才知道水府就是昔日鬻菱芡的老叟；而最初吟詩的秀才崔希周又設詩卷給德璘，這才真相大白。這中間雖然諸多巧合，又夾雜神怪，但詩歌始終影響整個情節的運作，我們不得不佩服作者的巧思——把詩嵌插得如此天衣無縫。

　　詩歌在唐傳奇中除了有刻畫人物個性、配合情節發展和交代時代背景的功用外，還可以放在篇末，作為一種結束的方式，前面介紹過的〈孫恪〉、〈韋自東〉就有這種傾向，但運用這種方式最成功的還是出自《甘澤謠》的〈陶峴〉（《廣記》卷四二○）、〈圓觀〉（《廣記》卷三八七）和〈紅綫〉（《廣記》卷一九五）。

　　〈陶峴〉篇的結局是陶峴在目睹崑崙奴摩訶為了入江拾取環、劍二寶而喪命之後，即「賦詩自敘，不復議遊湖矣。」詩是這樣說的：

> 匡廬舊業自有主，吳越新居安此生。
>
> 白髮數莖歸未得，青山一望計還程。
>
> 鶴龕楓葉夕陽動，鷺立蘆花秋水明。
>
> 從此捨舟何所詣？酒旗歌扇正相迎。〔註9〕

《廣記》所錄止於此，《說郛》本則尚有六十一字，最後又引當時好事者（即杜甫）作的〈飲中八仙歌〉：

> 焦遂五斗方卓然，高談雄辨驚四筵。

不管這篇是到陶峴的詩為止，還是到〈飲中八仙歌〉為止，都是以詩作結，前者著重陶峴個人的胸懷表現，後者則加上陶峴賓客焦遂的介紹，也可以襯托出陶峴的為人。

　　〈圓觀〉是採用兩首〈竹枝詞〉作結：

〔註9〕《唐詩別裁・卷十四》題此詩為「西塞山下迴舟作」，其中「鶴」作「鴉」。

（一）三生石上舊精魂，賞月吟風不要論。

　　慚愧情人遠相訪，此身雖異性長存。

（二）身前身後事茫茫，欲話因緣恐斷腸。

　　吳越溪山尋已遍，卻迴煙棹上瞿塘。

其實本篇的情節在李公和圓觀見面以後，「圓觀又唱〈竹枝〉，步步前去。山長水遠，尚聞歌聲，詞切韻高，莫知所謂。」就已經結束了，但作者袁郊為了表現圓觀此時的心情，故意再把竹枝詞的歌詞錄出，使圓觀唱〈竹枝〉步步前去的畫面更具體、更動人。

　　特出的女俠傳奇〈紅綫〉（《廣記》卷一九五）也是在一首冷朝陽作的送別歌中宣告結束：

採菱歌怨木蘭舟，送別魂消百尺樓。

　　還似洛妃乘霧去，碧天無際水長流。

紅綫「僞醉離席」，悄悄地走了，就像歌的最後一句，只賸下「碧天無際水長流」。

　　這種配合情景以詩歌作結的例子並不多見，可以說是袁郊的別出心裁。情節哀怨的傳奇最適合使用，留下嫋嫋餘音，令人懷想不已。

　　以上所介紹的各篇唐傳奇都見汪國垣所編的《唐人傳奇小說集》，也是大家比較熟知的作品；下面另從《太平廣記》、《雲谿友議》等處擷取一些例子。

　　〈陳季卿〉（《廣記》卷七四）是寫陳季卿在青龍寺遇到一位終南山翁，山翁以法術幫功他達成回家省親的願望。季卿又回到青龍寺時，懷疑自己是做了一場夢；但是兩個月後他妻子來了，說他某月某日確實回家了，而且還作了留別詩二章。第二年季卿下第東歸，一路上果然看見自己所題的詩。這篇傳奇的確稱得上是「奇」了，比〈枕中〉、〈南柯〉有過之而無不及；而篇中五首詩的穿插，也分別達成了描繪風景和抒發情感的作用。如他泊舟在禪窟蘭若所題的：

霜鐘鳴時夕風急，亂鴉又望寒林集。

　　此時報棹悲且吟，獨向蓮花一峰立。

留別妻子的：

月斜寒露白，此夕去留心。酒至添愁飲，詩成和淚吟。

　　離歌棲鳳管，別鶴怨瑤琴。明夜相思處，秋風吹半衾。

別諸兄弟的：

謀身非不早，其奈命來遲。

　　舊友皆霄漢，此身猶路歧。

> 北風微雪後，晚景有雲時。
>
> 惆悵清江上，區區趁試期。

這篇傳奇篇幅短小，但透過這些詩章，我們可以了解陳季卿是一個怎樣的一個人，他懷才不遇，流落他鄉，又惦念著家中的妻子兄弟。此外全篇始終籠罩在一種低迴迷離的氣氛中，似幻似真。這些詩是他在類似一種夢遊的狀況下寫的，可是後來事實證明他的確寫過，也就是說「詩」在這篇傳奇中擔任的是「印證」的角色，沒有這些詩，這篇傳奇就不能成立，這種用法非常特殊！

出自《雲谿友議》的〈韋皋〉（《廣記》卷二七四）是寫韋皋和玉簫的一段情。韋皋在荊寶家結識了玉簫，後因季父催促不得不離去，臨走時和玉簫訂下七年之約，並贈玉指環一枚、詩一首。七年期滿，韋郎仍無消息，玉簫就絕食而死。後來荊寶和韋皋相逢，談起這件事，荊寶才吟出這首〈留贈玉環詩〉：

> 黃雀啣來有數春，別時留解贈佳人。
>
> 長江不見魚書至，為遣相思夢入秦。

徒增二人唏噓之慨。這種安排非常恰當，如果是在韋皋臨走時就寫出來，味道就相差太多了。

〈江客仁〉（《雲谿友議》卷下）是寫李涉坐船遇上了大盜，豪首聽說是李涉博士，就說「自聞詩名日久，但希一篇，金帛非貴也」。李涉於是贈他一首絕句，還訂下淮陽佛寺之期。後來李涉到淮陽並沒有遇到豪首，反而他的本家李彙征在循州遇到一位八十多歲的韋老先生，兩人對酒吟詩，好不暢快！彙征提到李涉，老翁很是稱讚，彙征於是吟了多首李涉的詩，最後吟到《贈豪客詩》，老翁愀然變色，原來他就是當年劫船的那位豪首。

這篇傳奇因為寫到兩人論詩，所以引用了不少詩，計有七絕七首、五言二句三章、七言二句一章，但是這篇的關鍵詩〈贈豪客〉卻一直沒有露臉，這當然也是一種技巧。如果一開始當豪首向李涉乞詩，作者就把詩寫出來，那就沒有懸疑性了。後來「李重詠〈贈豪客詩〉，叟愀然變色……」時，仍然沒有把詩寫出來，直到韋翁說出自己幡然改悟的經過，「或持觴而酹，反袂而歌」的時候，才錄出這首〈贈豪客〉：

> 春雨蕭蕭江上村，五陵豪客夜知聞。
>
> 他時不用相迴避，世上如今半是君。〔註10〕

〔註10〕《全唐詩‧卷四百七十七‧李涉》錄此詩「春」作「暮」，「五陵」作「綠林」，「相迴避」作「逃名姓」。

試想：八十多歲的韋翁，一面吟唱此詩，一面又回想起幾十年前他初遇李涉的那一幕，這不是很動人的結局嗎？

〈購蘭亭序〉（《廣記》卷二○八）是寫唐太宗派蕭翼到僧辨才那兒去求〈蘭亭序〉。蕭翼打扮成商人去拜訪辨才，和辨才談說文史，又作詩吟詠，二人大有相見恨晚之意。篇中錄的都是即情即景之作：

> 初醞一缸開，新知萬里來。
> 披雲同落寞，步月共徘徊。
> 夜久孤琴思，風長旅鴈哀。
> 非君有祕術，誰照不燃灰。（辨才）

> 邂逅款良宵，殷勤荷勝招。
> 彌天俄若舊，初地豈成遙。
> 酒蟻傾還泛，心猿躁似調。
> 誰憐失羣翼，長苦業風飄。（蕭翼）

辨才做夢也沒有想到，這個看來十分潦倒的商人竟是皇帝派來的大臣！這兩首詩雖然和情節沒有關係，卻增進了辨才與蕭翼之間的友誼，自此之後，二人就經常詩酒往來，甚至推心置腹，所以辨才把不捨得給皇帝的〈蘭亭序〉也拿出來了。

〈薛弘機〉（《廣記》卷四一五）是寫薛弘機獨處，有一位柳藏經經常來和他談論經書，神祕兮兮的，總不讓人靠近，到了第二年五月柳藏經來，送薛弘機一首五絕：

> 誰謂三才貴，余觀萬化同。
> 心虛嫌蠹食，年老怯狂風。

然後就不見了。當晚惡風發屋拔樹，第二天薛弘機才發現魏王池畔的大枯柳也被風吹倒了，裏面不知是誰藏了百餘卷經書，都已經爛壞了。原來柳藏經就是大枯柳的化身。

這篇傳奇描述得非常離奇，柳藏經的身分逐漸逐漸透露出來。這首詩可以說是柳藏經向薛弘機所作的「告別式」。從詩的第一、二句可以看出他不是人類，第三句說他的藏書被蠹蟲咬得很厲害，第四句則暗示他怕狂風襲擊，最後他果然是死在惡風之下。這首詩和枯柳折倒的事實可以解釋先前柳藏經的言行，使讀者得到恍然大悟的樂趣！

類似這種把非人類擬人化，然後賦詩論文的作品還有〈元無有〉（《廣記》

卷三六九）、〈東陽夜怪錄〉（《廣記》卷四九○）、〈甯茵〉（《廣記》卷四三四）
等篇，都頗富諧趣。以〈甯茵〉來說，和〈薛弘機〉一樣，甯茵也是一人獨居，
某夜斑特處士和斑寅將軍先後來訪，大家一起聊天下棋，話中有話、語意雙關，
斑特、斑寅的身分也就呼之欲出，後來甯茵請大家賦詩，茵自己先吟：

> 曉讀雲水靜，夜吟山月高。
>
> 焉能履虎尾，豈用學牛刀。

斑寅作的是：

> 但得居林嘯，焉能當路蹲。
>
> 渡河何所適，終是怯劉琨。

斑特作的是：

> 無非悲甯戚，終是怯庖丁。
>
> 若遇龔爲守，蹄涔向北溟。

各顯自己的性情和身分，非常有趣。

　　孫棨的《北里志》，在唐傳奇中是比較特別的一部，主要是描寫娼妓的生
活。這些篇章也多半有詩歌的穿插，如〈楚兒〉：

> 應是前生有宿冤，不期今世惡姻緣。
>
> 蛾眉欲碎巨靈掌，雞肋難勝子路拳。
>
> 祇擬嚇人傳鐵券，未應教我踏金蓮。
>
> 曲江昨日君相遇，當下遭他數十鞭。

把自己被同居人鞭打的事寫在詩裏，可以看出楚兒個性狂放之一斑。

　　另一篇題爲〈王團兒〉，其實是以記敘王團兒的次女宜之爲主。宜之曾請孫
棨在壁上題詩，孫棨題了幾首，宜之也題了一首。後來宜之用紅箋寫詩給孫棨：

> 日日悲傷未有圖，懶將心事話凡夫。
>
> 非同覆水應收得，只問僊郎有意無？

原來宜之有意從良，但孫棨卻回答說：「甚知幽旨，但非舉子所宜。」又和其
詩曰：

> 詔妙如何有遠圖，未能相爲信非夫。
>
> 泥中蓮子雖無染，移入家園未得無。

可惜落花有意，流水無情。後來宜之「爲豪者主之」，孫棨偶然在曲水和她相
逢，宜之託妹妹能之擲詩給他：

> 久賦恩情欲託身，已將心事再三陳。

　　　　泥蓮既沒移栽分，今日分離莫恨人。

這篇共引了十首詩，但只有這三首和情節有密切關係。第一首所提出的要求是一個女子極難啓齒的，寫成詩正好避免開口的尷尬；而要拒絕一個女子這種要求也是很爲難的，寫成詩就婉轉多了。且宜之是有心人，她對這件事始終耿耿於懷，所以後來碰到孫棨才會有第三首詩的贈予。

　　這三首詩讓人產生無限的同情，另一篇〈張住住〉就不一樣了。張住住有青梅竹馬的戀人，又有聰慧的頭腦和伶俐的口齒，所以終於有情人成眷屬，和龐佛奴結爲夫妻。篇中穿插的是市里中唱的七言歌曲：

　　　　張公喫酒李公顚，盛六生兒鄭九憐。

　　　　舍下雄雞傷一德，南頭小鳳納三千。

口吻俚俗，極盡諷刺之能事。後來陳小鳳聽了生疑，張住住居然說他們唱的是：

　　　　舍下雄雞失一足，街頭小福拉三拳。

眞是音近得不漏破綻。但是街中又唱：

　　　　莫將龐大作菢圍，龐大皮中的不乾。

　　　　不怕鳳凰當額打，更將雞腳用筋纏。

陳小鳳這才放棄糾纏住住，龐佛奴也終於把住住娶回家了。

　　由以上各例可以看出：唐傳奇穿插詩歌的用途很廣泛，不僅可以烘托氣氛，還可以表現人物的身分、個性，關係情節的發展。因爲有些詩歌是全篇情節所繫，不可或缺的；也有些詩歌能造成懸疑，或者達到印證、諷刺的效果。至於以詩歌表現人物委婉或豪放的性情，符合「文如其人」的觀念，也頗有畫龍點睛之妙。另有少數篇章借助詩歌內容渲染氣氛，顯得哀怨動人或高亢悲壯；而以詩歌作結，令人低徊不已，更是匠心獨運的安排了。

第二節　議論及應用文的運用

　　唐傳奇的結構特色除了詩以外，大概就要算是議論了，這種議論的形成和承襲史傳文的寫作方式有莫大的關係。有幾位唐傳奇的作者本來就是很有史才的，像〈古鏡記〉的作者王度，大業中曾奉詔修國史（見〈古鏡記〉及《唐文粹》）；〈枕中記〉的作者沈既濟，則「博通羣籍，史筆尤工」，並「撰《建中實錄》十卷，爲時所稱」（見《舊唐書·卷一四九·沈傳師傳》）；〈長恨傳〉的作者陳鴻，曾修「《大統紀》三十卷，七年始成」（《唐文粹》卷九五）。

〔註11〕另外像李公佐敘述替謝小娥作傳的理由時說：「知善不錄，非《春秋》之義也。故作傳以旌美之。」可見他是出於一種嚴肅的作史的態度。而白行簡在〈李娃傳〉末也說：「貞元中予與隴西公佐話婦人操烈之品格，因遂述汧國之事。公佐拊掌竦聽，命予為傳，乃握管濡翰，疏而存之。」則李公佐不但自己以史筆寫作，還鼓勵白行簡也付諸行動。所以王夢鷗先生認為：

> 唐人寫小說，開始的時候都是以孔子著《春秋》的態度，來撰寫許
> 多零零碎碎的事情。〔註12〕

正因為唐傳奇和史傳的關係如此密切，所以唐傳奇在篇末來一段議論的尾巴，或者假借人物之口大放厥辭，也就不足為奇了。

　　綜觀唐傳奇的議論，多半出現在文章的結尾，有的甚至還冠以「讚曰」（如沈亞之〈馮燕傳〉）、「君子曰」（李公佐〈謝小娥傳〉）、「行簡曰」（白行簡〈三夢記〉）、「三水人曰」（見皇甫枚〈步飛煙〉），完全是太史公口吻的翻版；有的則是直接加在故事之後，對人物或事件褒貶一番，如〈任氏傳〉、〈南柯太守傳〉、〈虬髯客傳〉、〈楊娼傳〉等，仍脫不了史傳的慣例。這種議論通常只是作者個人的評斷，讀者不見得完全同意，站在研究唐傳奇結構的立場，它是非情節因素之一，卻沒有什麼技巧可言。葉師慶炳就曾說過：

> 作者常藉議論表白其寫作之動機，抒寫其道德觀念或人生哲學；換
> 言之，即說明小說之主題。此實為不智之舉。真正之藝術作品，乃
> 在作者有豐富之情感以激起讀者之共鳴，有高度之技巧使讀者於不
> 知不覺中領會作者所抒發之思想。〔註13〕

可惜傳奇的作者受史傳體例的影響太深，所以每每於故事交代完畢就來一段議論，好像非如此才足以評斷其事、臧否其人。這種情形雖然可以使我們更了解作者的用心和該篇的主題，但對作品本身卻造成畫蛇添足的浪費，實不足為取。

　　至於把議論擺在開篇之處的，非常少見，只有〈古鏡記〉、〈湘中怨解〉（《廣記》卷二九八，題曰〈太學鄭生〉）和〈李娃傳〉（《廣記》卷四八四）、〈三夢記〉等幾篇。〈古鏡記〉是採倒敘手法的，所以它把議論擺在前面恰等於一般

〔註11〕詳見臺師靜農，〈論碑傳文及傳奇文〉，《傳記文學》四卷三期，頁5。
〔註12〕王夢鷗，〈唐人小說概述〉，收於《中國古典小說研究專集》（三）（臺北：聯經出版公司），頁40。
〔註13〕葉師慶炳，《中國文學史》上冊（臺北：學生書局，1987年），頁460。

順敘式傳奇的擺在後邊。而〈湘中怨解〉開篇說：

> 〈湘中怨〉者，事本怪媚，爲學者未嘗有述。然而淫溺之人，往往
> 不窹。今欲概其論，以著誠而已。從生韋敖，善譔樂府，故牽而廣
> 之，以應其詠。

是一種開場白式的論述，說明自己的寫作動機。篇末又有：

> 元和十三年，余聞之於朋中，因悉補其詞，題之曰〈湘中怨〉，蓋欲
> 使南昭嗣〈煙中之志〉，爲偶倡也。

白行簡的〈李娃傳〉、〈三夢記〉與〈湘中怨解〉類似，都是前後各有一段論
述文字，〈李娃傳〉一開頭是這樣的：

> 汧國夫人李娃，長安之倡女也。節行瓌奇，有足稱者，故監察御史
> 白行簡爲傳述。

故事結束時又說：

> 嗟乎，倡蕩之姬，節行如是，雖古先烈女，不能踰也。焉得不爲之
> 歎息哉！予伯祖嘗牧晉州，轉戶部，爲水陸運使，三任皆與生爲代，
> 故諳詳其事。貞元中，……太原白行簡云。

這兩段內容大同小異，實在是重複了。難怪張政烺、王夢鷗諸先生都以前者
三十一字不應是白行簡原文。〔註14〕

　　所以我們從寫作技巧的觀點來看，討論唐傳奇的議論部分時，眞正值得
注意的倒是那些作者假借人物之口說出的話。提到假借人物之口來發議論，
很多人都會立刻聯想到〈鶯鶯傳〉裏那一段「忍情說」：

> 張曰：「大凡天之所命尤物也，不妖其身，必妖於人。使崔氏子遇
> 合富貴，乘寵嬌，不爲雲，不爲雨，爲蛟，爲螭，吾不知其所變化
> 矣。昔殷之辛，周之幽，據百萬之國，其勢甚厚。然而一女子敗之。
> 潰其眾，屠其身，至今爲天下僇笑。予之德不足以勝妖孽，是用忍
> 情。」

這種說法在今日看來，眞是不合理到了極點，然而「於時坐者皆爲深歎」；另
外張生和鶯鶯「絕不復知」以後，「時人多許張爲善補過者。予嘗於朋會之中，

〔註14〕張政烺〈一枝花話〉（《中研院史語所集刊》第二十本下冊，頁85～89）認爲
　　　　此三十一字非白行簡原文，「汧國夫人」四字係標題，以下二十七字則其解題，
　　　　被《太平廣記》編者竄居正文之首。
　　　　王夢鷗〈李娃傳校釋（一）〉（《唐人小說校釋》上冊，頁173～174）以爲此三
　　　　十一字似爲《異聞集》編者提示之語，非本文所宜有。

往往及此意者，夫使知者不爲，爲之者不惑。」元稹居然公開鼓勵「始亂終棄」，更是令人莫名其妙了。

　　元稹爲什麼要安排這樣的情節？爲什麼寫成這樣的結局？牽涉的問題很多，譬如從文體上說，是議論部分之不可缺少；從時代背景來講，是鶯鶯的出身不高，張生不願娶她等等；〔註15〕但如果只從〈鶯鶯傳〉本身來看，我們可以發現，元稹從一開始就有意塑造鶯鶯成爲一個「尤物」——一上場的「顏色豔異，光輝動人」，約於西廂的「端服嚴容」，自動獻身時的「嬌羞融冶」、「嬌啼宛轉」，以及她的工刀札、善屬文、善鼓琴……，然後根據所謂的「忍情說」，拋棄這樣的一個女子是明智的。可是元稹把鶯鶯寫得太美好，相對的張生就更薄倖可惡了。所以元稹這套「忍情說」非但沒有達到替張生辯護的效果，反而更增加了讀者對他的痛恨與不齒。這種弄巧成拙的情形，恐怕不是元稹始料所及的吧！

　　〈鶯鶯傳〉中的議論可以算是唐傳奇的一個特例。

　　借人物之口抒發議論的，多半都有凸顯人物個性或闡明主題的作用，譬如《玄怪錄》的〈郭元振〉篇中：

　　　鄉老共怒公殘其神，曰：「烏將軍此鄉鎭神，鄉人奉之久矣。歲配以女，才無他虞。此禮少遲，即風雨雷電爲虐。奈何失路之客，而傷我明神？至暴于人，此鄉何負？當殺卿以祭烏將軍，不爾，亦縛送本縣。」揮少年將令執公。

　　　公諭之曰：「爾徒老于年，未老于事。我天下之達理者，爾眾其聽吾言。夫神，承天而爲鎭也，不若諸侯受命于天子而疆理天下乎？」

　　　曰：「然。」

　　　公曰：「使諸侯漁色于國中，天子不怒乎？殘虐于人，天子不伐乎？誠使汝呼將軍者，眞明神也。神固無豬蹄，天豈使淫妖之歠乎？且淫妖之歠，天地之罪畜也。吾執正以誅之，豈不可乎？爾曹無正人，使爾少女年年橫死于妖畜，積罪動天，安知天不使吾雪焉。從吾言，當爲爾除之，永無聘禮之患，如何？」

　　　鄉人悟而喜曰：「願從命。」

我們可以看出愚夫愚婦的淺薄無知，也可以看出郭元振滔滔雄辯的口才和見義勇爲的擔當。

〔註15〕詳見陳寅恪，〈讀鶯鶯傳〉，收入《元白詩箋證稿》，頁105。

又如〈柳毅〉篇中，錢塘君想為龍女說媒，柳毅正色拒絕：

> 誠不知錢塘君屬困如是！毅始聞跨九州，懷五嶽，洩其憤怒，復見斷鎖金，掣玉柱，赴其急難。毅以為剛決明直，無如君者。蓋犯之者不避其死，感之者不愛其生，此真丈夫之志。奈何簫管方洽，親賓正和，不顧其道，以威加人？豈僕之素望哉！若遇公於洪波之中，玄山之間，鼓以鱗鬚，被以雲雨，將迫毅以死，毅則以禽獸視之，亦何恨哉！今體被衣冠，坐談禮義，盡五常之志性，負百行之微旨，雖人世賢傑，有不如者。況江河靈類乎？而欲以蠢然之軀，悍然之性，乘酒假氣，將迫於人，豈近直哉！且毅之質，不足以藏王一甲之間。然而敢以不伏之心，勝王不道之氣。惟王籌之！

柳毅那種「富貴不能淫，威武不能屈」的大丈夫氣概躍然紙上！再如〈吳保安〉（《廣記》卷一六六）篇中，楊安居找到吳保安，執手升堂，問他：

> 吾常讀古人書，見古人行事，不謂今日親覿於公。何分義情深，妻子意淺，捐棄家室，求贖友朋，而至是乎！吾見公妻來，思公道義，乃心勤佇，願見顏色。吾今初到，無物助公，且於庫中假官絹四百匹，濟公此用。待友人到後，吾方徐為填還。

這段話雖是楊安居讚美吳保安的，事實上也可以看成是作者牛肅對吳保安的稱揚，只是借楊安居的口說出罷了！

〈陳袁生〉（《廣記》卷三○六）是寫赤水神欺善怕惡的故事。到底人對神祇（尤其是害人的神祇）該採取怎樣的態度呢？我們可以摘取道成師的說法參考：

> 吾少年棄家，學浮屠氏法。迨今年五十。不幸沈疾。向者袁君謂我曰：「師之病，赤水神所為也。疾鉏可修補其廟。」夫置神廟者，所以祐兆人，祈福應。今既有害於我，安得不除之乎？
>
> 夫神所以賴於人者，以其福可延，戾可弭；旱亢則雩之以澤，潦淫則榮之以霽。故天子詔天下郡國，雖一邑一里，必建其祠，蓋用為民之福也。若赤水神者，無以福人，而為害於人焉，可不去之？已盡毀其廟矣。

這兩段話，前者是他告誡弟子的，後者是向地方官袁生說的。我們可以看出道成師認為人神之間的關係是相對的，而非絕對的。神如果有害於人，人就該毀棄他。不過一個和尚會不會真的如此說，實在很令人懷疑；所以筆者以為這仍

然是作者借人物之口發出的議論，所謂「借他人酒杯，澆自己塊壘」是也。

另一篇〈王屋薪者〉（《廣記》卷三七○）寫得非常有趣，記敘王屋山茅庵中住著一位老僧，有一天來了個道士求宿，老僧不允，二人就爭吵起來，論佛道優劣，誰也不肯服誰。後來有一個負薪者經過，呵斥二人，把茅庵燒了，還打算把他們殺掉。結果老僧化爲鐵錚，道士也變成龜背骨。這篇傳奇幾乎完全是採用對話來展開情節，對話的內容就是辯論佛道優劣，最後負薪者的言辭極爲犀利：

> 二子俱父母所生而不養，處帝王之土而不臣。不耕而食，不蠶而衣。
> 不但偷生於人間，復更以他佛道爭優劣耶？無居我山，撓亂我山居
> 之人！

作者很可能頗通佛道之理，卻又看不起某些僧侶道士的行徑，所以故意寫一篇寓言式的傳奇來寄託己意。

前面提過〈古鏡記〉是把議論放在篇首，其實〈古鏡記〉另有兩段饒有意義的議論，是透過作者王度的弟弟王勣說出來的，第一段是王勣要出遊，王度阻止他，王勣說：

> 意已決矣，必不可留。兄今之達人，當無所不體。孔子曰：「匹夫不
> 奪其志矣。」人生百年，忽同過隙，得情則樂，失志則悲，安遂其
> 欲，聖人之義也。

另外一段是王勣轉述廬山處士蘇賓的話：

> 天下神物，必不久居人間。今宇宙喪亂，他鄉未必可止，吾子此鏡
> 尚在，足下衛，幸速歸家鄉也。

這兩段話可以說正好是唱反調，這也是很有意思的。王度雖曾勸阻王勣遠行，最後還是把古鏡送給他，好讓他能「抗志雲路，棲蹤煙霞」。後來王勣倦遊歸來，反而認同哥哥原來的看法，搬出蘇賓的話做下臺階，這和篇首那段議論的見解是完全一致的，只是王度要了一點技巧，讓人不覺得那麼死板。

有些傳奇採用簡短的議論夾雜在對話當中，頗有畫龍點睛的妙處，如〈杜子春〉（《廣記》卷一六）：

> 道士前曰：「吾子之心，喜怒哀懼惡慾，皆忘矣。所未臻者，愛而已。
> 向使子無噫聲，吾之藥成，子亦上仙矣。嗟乎！仙才之難得也！吾
> 藥可重煉，而子之身猶爲世界所容矣。勉之哉！」

道士惋惜杜子春無法忘懷「愛」心，其實更證明了人性中「愛」的可貴。又

如〈素娥〉（《廣記》卷三六一）：

> 三思問其由，（素娥）曰：「某非他怪，乃花月之妖，上帝遣來，亦
> 以多言蕩公之心，將與李氏。今梁公乃時之正人，某固不敢見。某
> 嘗爲僕妾，敢無情，願公勉事梁公，勿萌他志，不然，武氏無遺種
> 矣。」……明日三思密奏其事，則天嘆曰：「天之所授，不可廢也。」

素娥所言與則天之歎，很顯然也是作者的心聲。還有一篇〈苗夫人〉（《廣記》
卷一七〇）是寫苗夫人慧眼識佳婿的故事。一開始苗夫人選中韋皋秀才時就
說：

> 此人之貴，無以比儔。

後來韋皋不受岳父張延賞禮遇，告辭東遊；再回岳家時化名韓翱，故布疑陣。
有人向張報告，說韋皋就要接任張的職務，張還不相信，苗夫人卻說：

> 若是韋皋，必韋郎也。
>
> 韋郎比雖貧賤，氣凌霄漢，每以相公所談，未嘗一言屈媚，因而見
> 尤。成事立功，必此人也。

苗夫人賞識貧婿，是作者極爲贊同的，所以就借用苗夫人之口，把欣賞韋皋
的理由說出來，同時也譏諷張延賞只喜歡諂媚的小人，反而忽略了有才幹的
佳婿，眞是有眼無珠。

同樣是發表議論，採用人物對話的方式要比附在故事後面的論贊活潑多
了，當然這也不是萬靈丹，必須在篇中找一個適當的代言人才行。我們很高
興已經有不少唐傳奇採用這種方式，這在小說寫作技巧上來說，應該也算是
一種進步吧！

唐傳奇除了穿插詩歌和議論外，間也有書牘或奏疏等應用文字，這些文
字有的也構成情節，值得我們重視。如〈吳保安〉這篇，吳保安和郭仲翔的
交情就是靠兩封信建立起來的。他們二人原本只是同鄉，素未謀面，先是郭
仲翔隨姚州都督李蒙討伐南蠻，吳保安寫信求他代爲謀職，郭仲翔立即請李
將軍安排他做管記。但吳保安到了姚州的時候，李將軍已經敗死，郭仲翔也
被南蠻擄去。這時郭展轉託人寄信給吳保安，請吳替他向伯父郭元振求絹千
匹來贖身。吳得了信非常傷感，因爲郭元振已經逝世了，千匹絹不易求得，
但存心忠厚的吳保安仍回信答應郭，於是吳拋家棄子十幾年，又得到楊安居
的協助，才終於如願以償。

這兩封信都採用駢文句法，寫得非常得體，否則也不會有如此大的力量，

建立二人深厚的友誼。試各摘錄片段，以見一斑：

> ……以保安之不才，厄選曹之格限，更思微祿，豈有望焉。將歸老
> 丘園，轉死溝壑。側聞吾子急人之憂，不遺鄉曲之情，忽垂特達之
> 眷，使保安得執鞭弭，以奉周旋。錄及細微，薄霑功効。承茲凱入，
> 得預末班。是吾子丘山之恩，即保安銘鏤之日。……
>
> 以吾國相之姪，不同眾人，仍苦相邀，求絹千匹。此信通聞，仍索
> 百縑。願足下早附白書，報吾伯父。宜以時到，得贖吾還。使亡魂
> 復歸，死骨更肉。唯望足下耳。今日之事，請不辭勞苦。吾伯父已
> 去廟堂，難可諮啓。即願足下親脫石父，解夷吾之驂；往贖華元，
> 類宋人之事。……

唐傳奇中最婉轉動人而且暗示悲劇收場的信，要算是〈鶯鶯傳〉裏鶯鶯
寫給張生的那封了：

> ……但恨僻陋之人，永以遐棄。命也如此，知復何言！自去秋已來，
> 常忽忽如有所失。於諠譁之下，或勉爲語笑，閒宵自處，無不淚零：
> 乃至夢寐之間，亦多感咽離憂之思。綢繆繾綣，暫若尋常，幽會未
> 終，驚魂已斷。雖半衾如暖，而思之甚遙。一昨拜辭，倏逾舊歲，
> 長安行樂之地，觸緒牽情。何幸不忘幽微，眷念無斁。鄙薄之志，
> 無以奉酬；至於終始之盟，則固不忒。鄙昔中表相因，或同宴處，
> 婢僕見誘，遂致私誠，兒女之心，不能自固。君子有援琴之挑，鄙
> 人無投梭之拒。及薦寢席，義盛意深。愚陋之情，永謂終託。豈期
> 既見君子，而不能定情，致有自獻之羞，不復明侍巾幘。沒身永恨，
> 含歎何言！倘仁人用心，俯遂幽眇，雖死之日，猶生之年。如或達
> 士略情，捨小從大，以先配爲醜行，以要盟爲可欺，則當骨化形銷，
> 丹誠不泯：因風委露，猶託清塵。存沒之誠，言盡於此。臨紙嗚咽，
> 情不能申。千萬珍重，珍重千萬！玉環一枚，是兒嬰年所弄，寄充
> 君子下體所佩。玉取其堅潤不渝，環取其終始不絕。兼亂絲一絇
> （絇），文竹茶碾子一枚。此數物不足見珍，意者欲君子如玉之眞，
> 弊志如環不解；淚痕在竹，愁緒縈絲；因物達情，永以爲好耳。心
> 邇身遐，拜會無期，幽憤所鍾，千里神合。千萬珍重！春風多厲，
> 強飯爲嘉。愼言自保，無以鄙爲深念。

眞是一字一淚，任是鐵石心腸也會不忍！偏偏張生還能大吐其「忍情」之說，

怎不令人爲之氣結！

至於〈紅綫〉中，紅綫盜合成功，薛嵩派使者送信給田承嗣，信中只有寥寥數語：

> 昨夜有客從魏中來，云：自元帥牀頭獲一金合，不敢留駐，謹卻封納。

卻見雷霆萬鈞之力，把田承嗣嚇得「驚怛絕倒」。此處這封信寫得簡單，並不是作者不懂鋪敍，而是沒有那個必要。直截了當地告訴田承嗣：「你的金合在我這兒，現在還給你」就夠了，不必囉哩囉唆，這正是袁郊用筆的高明處。

有些信原文可能很長，但用到小說裏不妨只節錄必要的部分，譬如〈陸仁蒨傳〉（《廣記》卷二九七）是寫陸仁蒨與鬼交往的事情，最後以陸仁蒨給岑文本的一封信作結：

> 鬼神定是貪諂，往日欲郎君飲食，乃爾殷勤，比知無復利，相見殊落漠，然常掌事猶見隨。本縣爲賊所陷，死亡略盡。僕爲掌事所導，故賊不見，竟以獲全。

原文一定不止這麼一小段，但和情節有關的只有這一部分，所以其他的就省略了。從這裏我們可以看出唐傳奇穿插書信是極有分寸的。

夾雜奏疏的像〈枕中記〉（《廣記》卷八二題作〈呂翁〉）裏盧生在夢中曾上疏：

> 臣本山東諸生，以田圃爲娛。偶逢聖運，得列官序。過蒙榮獎，特受鴻私，出擁節旌，入昇鼎輔。周旋中外，綿歷歲時。有忝恩造，無裨聖化。負乘致寇，履薄戰兢，日極一日，不知老之將至。今年逾八十，位歷三公，鐘漏並歇，筋骸俱弊，彌留沈困，待時溘盡。顧無誠効，上答休明，空負深恩，永辭聖代。無任感戀之至。謹奉表稱謝以聞。

等於是用駢體把夢中經歷簡述一番，卻顯得頗有變化，令人耳目一新。上奏之時正是盧生一生的頂點，等他接了皇上挽留的詔書那晚上，他就死了。可見這也是一個特別的情節安排。假若刪去這一段，只寫盧生徊翔臺閣三十餘年，然後衰邁病亡，似乎就不夠眞切了。換句話說，多了這段上疏下詔的情節，使得盧生的夢境更貼近現實的人生，這也是沈既濟用心良苦的地方。

〈柳氏傳〉篇末侯希逸上給玄宗皇帝的狀也有類似的作用。假如許俊把柳氏從沙吒利處搶回來交給韓翊就了事的話，故事固然已經交代完畢，但大家不免要擔心：沙吒利會不會回來找韓翊或侯希逸的麻煩呢？許堯佐把這篇

狀附在後面，大家就一目瞭然，事情是由皇帝下詔解決得漂漂亮亮！

另外像〈徐玄之〉（《廣記》卷四七八）、〈董愼〉（《廣記》卷二九六）二篇中的狀判文字也占著非常重要的地位，可以說是情節的關鍵。徐玄之被俘至蚍蜉國，幸賴馬知玄、蟴飛主持正義，向蚍蜉王上疏力爭，才免去牢獄之災。董愼則是被太山府君徵召判案，另由張審通撰寫判狀。這兩篇都能運用奏疏文字而加以變化，造成一波未平、一波又起的情勢。〈徐玄之〉中馬知玄進狀論，得罪了蚍蜉王，被斬首示眾，因而大雨暴至。蟴飛又上疏直諫，蚍蜉王才追贈馬爲安國大將軍，以其子馬蚳爲太史令。馬蚳又上表辭謝，表中所言「天圖將變，曆數堪憂。伏乞斥臣遐方，免逢喪亂」，正是蚍蜉國即將瓦解的徵兆。〈董愼〉篇中，張審通先後兩次爲同一件案子作判狀，結果卻大相逕庭，第一次他寫的是：

> 天本無私，法宜畫一，苟從恩貸，是資奸行。令狐寔前命減刑，已同私請；程翥後申簿訴，且畏罪疑。倘開遞減之科，實失公家之論。請依前付無間獄。仍錄狀申天曹。

第二次審通又判：

> 天大地大，本乃無親，若使有親，何由得一？苟欲因情變法，實將生偏喪眞。太古以前，人猶至朴；中古以降，方聞各親。豈可使太古育物之心，生仲尼觀蜡之歎？無不親，是非公也，何必引之？請寬逆耳之辜，敢薦沃心之藥。庶其閱實，用得平均。令狐寔等，乞請依正法。仍錄狀申天曹。

總算博得天符贊同，這才大功告成。

這類以應用文字的變化作爲情節的傳奇，往往帶有強烈諷刺現實的意味，但也可以看出作者的靈心巧思。

唐傳奇因爲沿襲史傳文的寫作方式，加上不少作者都以撰史者自居，所以多半含有議論的成分。如果是置於篇末，可以和小說正文分割的，在討論寫作技巧時不妨置而不論；但如果是出現在篇中，尤其是出自人物之口，就應該據以觀察其寫作技巧如何。如〈鶯鶯傳〉的「忍情說」就是失敗的一例，但其他順著情節發展以表現人物個性、觀點的議論，多半能使讀者動容，達到相當的效果。至於信函、奏疏、判狀等應用文字，在唐傳奇中除可表現作者的文采外，也都和情節密切關聯，處理得非常自然，令人贊賞。

第三節　敘述方式

一、順敘和倒敘、半倒敘

　　通常小說的敘述方式有順敘、倒敘、插敘、追敘、補敘和意識流等多種。
〔註16〕唐傳奇因為產生的時代較早，一般說來敘述的方式也比較缺少變化，
多半是採取順敘的方式，將情節依照時間的先後順序寫出，一些膾炙人口的
名篇如〈李娃傳〉、〈霍小玉傳〉、〈虬髯客傳〉等莫不如此。倒敘的情形非常
少，早期的作品〈古鏡記〉可以算是一篇，因為王度在篇首交代了古鏡的來
源、形狀之後，有這麼一段文字：

> 今度遭世擾攘，居常鬱怏，王室如燬，生涯何地，寶鏡復去，哀哉！
>
> 今具其異跡，列之於後，數千載之下，倘有得者，知其所由耳。

明白地說出〈古鏡記〉的結果是「寶鏡已去」，然後才從「得鏡」開始，再一
直寫到失鏡為止。但〈古鏡記〉的這種寫法沒有什麼特別可取之處，倒是另
一篇〈薛偉〉（《廣記》卷四七一）的倒敘技巧比較高明。

　　薛偉昏睡了二十多天，大家都以為他死了，只因他心頭微暖，所以沒有入
殮。後來他醒來，叫人去看縣裏的官員是不是在吃鱠，說他有奇事要講給大家
聽。官員們果然正要吃鱠，趕緊放下碗筷來見薛偉。薛偉問：「各位派張弼去求
魚，對不對？」大家說對。然後薛偉居然就把求魚的經過說出來，完全和事實
相符。大家都奇怪薛偉明明病在牀上，怎麼會知道得這麼清楚？薛偉說：

> 向殺之鯉，我也。

把大家嚇了一跳！都願意聽聽到底是怎麼一回事。薛偉才把他化為魚身的經過
詳詳細細地講出來。像這樣以一個出人意表的開頭（其實是故事的結尾）展開
情節，對讀者實在有非常大的吸引力。薛偉是在夢中化為魚身的，就內容或主
題的表現來說，這篇與〈枕中記〉、〈南柯太守傳〉頗有類似之處，都是從夢中
經歷得到一種啟示；但在敘述方式上，〈薛偉〉就比另兩篇別出心裁多了。

　　〈寶玉〉（《廣記》卷三四三）可以看成是「半倒敘」〔註17〕的方式寫成的，

〔註16〕順敘又稱編年體，倒敘即回溯式。

〔註17〕李喬《小說入門》（臺北：時報文化出版公司），頁129有「半倒敘型」，是指
　　　　「在情節的中間關鍵處落筆，扣住讀者興趣之後，倒敘前半情節，倒敘完竣，
　　　　然後以『現在進行』敘述後半情節」，此處只是借用這個名稱，並不完全採用
　　　　他的說法。

和〈薛偉〉不大一樣。因爲〈薛偉〉只有全篇首尾極少的文字是寫「現在的事」（即「當時的事」），而〈寶玉〉則是先在前邊把王勝、蓋夷與寶玉之間的瓜葛寫出，然後由寶玉口述他和女鬼崔氏成婚的經過。就時間上來看，全篇仍是順敘式；但事實上有一半以上的篇幅都在描述往事，這部分其實就是一種倒敘的手法。照以上的說明，或者有人會問，那爲什麼不把它歸於追敘呢？筆者原先也曾這樣考慮，後來還是決定把它歸於「倒敘的別格」，因爲就〈寶玉〉全篇來看，它的重點就是在寶玉和女鬼崔氏成婚的經過，前邊那些寶玉拒絕王、蓋的求宿以及他們窺破寶玉生活的眞相都只是故事的引子罷了！「追敘」、「補敘」、「插敘」等敘述方式通常在小說中是站在輔助的地位，而不是主體，所以筆者覺得〈寶玉〉這篇至少可視作「半倒敘體」或「倒敘的變體」。

二、插敘

　　唐傳奇運用「插敘」的情形也不普遍，而且都是透過人物之口說出，與現代小說中「現在進行」與「回憶」揉雜敘述的方式大不相同，但效果則有幾分相似，都是在「補充背景資料」。〔註18〕像〈南柯太守傳〉（《廣記》卷四七五，題曰〈淳于棼〉）寫到淳于棼夢中到了大槐安國，受到豐盛的款待，又有一羣美女來戲弄他，其中有一個女子說：

> 昨上巳日，吾從靈芝夫人過禪智寺，於天竺院觀石延舞《婆羅門》，吾與諸女坐北牖石榻上，時君少年，亦解騎來看。君獨強來親洽，言調笑謔。吾與窮英妹結絳巾，挂於竹枝上，君獨不憶念之乎？又七月十六日，吾於孝感寺侍上眞子，聽契玄法師講《觀音經》。吾於講下捨金鳳釵兩隻，上眞子捨水犀合子一枚。時君亦在講筵中，於師處請釵合視之，賞歎再三，嗟異良久，顧余輩，曰：「人之與物，皆非世間所有。」或問吾民，或訪吾里，吾亦不答。情意戀戀，矚盼不捨。君豈不思念之乎？

這一段敘述時間、地點都很具體，說得煞有其事，淳于棼也完全承認，好像的確就是如此。其實這也只是一種插敘手法的運用。使讀者不知不覺地相信淳于棼原來就和這些女子有交情，他和金枝公主結婚也是順理成章的，因而暫時忘記淳于棼是在做夢，也不去追究這位女子的身分罷了。當然這段插敘

〔註18〕同前註，「此型（按指插敘型）和『半倒敘型』相近，不同的是，『現在進行』和『回憶』揉雜敘述；不過，此型的『回憶』的性質祇是補充背景資料而已，……」

也補充了淳于棼不羈的個性及眾女子的美貌等。

在一篇傳奇中用插敘較多的要算是〈唐晅〉（《廣記》卷三三二）了，這是唐晅和已死的妻子張氏見面的故事，寫得十分感人。由於他們夫妻見面後所提到的人物、事件許多都不是讀者知道的，所以就得採用由張氏或唐晅加以解釋的方式——插敘，來達到補充背景資料的目的。如：

> 俄而聞喚羅敷取鏡，又聞暗中颯颯然人行聲。羅敷先出前拜，言娘
> 子欲敘夙昔，正期與七郎相見。晅問羅敷曰：「我開元八年典汝與仙
> 州康家，聞汝已於康家死矣。今何得在此？」答曰：「被娘子贖來，
> 今看阿美。」阿美即晅之亡女也，晅又惻然。

羅敷被典以迄死後的情形都以插敘來交代，值得注意的是「阿美即晅之亡女也」，這句話是作者的插敘，而非透過人物口吐的插敘。可惜插得不夠高明，不如在故事開始時就講清楚。另外像唐晅再婚、紫菊嬸的身分等，則由唐晅的亡妻張氏口中說出，也是插敘。

> （張氏）笑謂晅曰：「君情既不易平生，然聞已再婚，……」

> （張氏）謂晅曰：「此是紫菊嬸，豈不識耶？」

〈李生〉（《廣記》卷一二五）是一則報應意味極濃的傳奇。篇中太守好意安排擅長談笑的李生陪王士真喝酒，沒想到士真一見李生就「甚怒」，還下令左右把李生關進監牢。太守覺得莫名其妙，偷偷派人去牢裏打聽，原來李生少年時代曾經殺過人，那人的面貌和王士真一模一樣，這也是一種插敘，讀者看了這段記載，才明白為什麼王士真見了李生會分外眼紅。

三、追敘

追敘和插敘非常類似，但有一個明顯的分別，插敘是插入小說中的時間開始以後所不曾交代的背景資料，而追敘一定是在小說時間中原有的事件，只是作者沒有按照時間順序把它寫出來，故意留到適當的時機才加以敘述。

以這種標準來看，唐傳奇中可以找到一些運用追敘十分成功的例子，如早期的作品〈補江總白猿傳〉（《廣記》卷四四四題作〈歐陽紇〉），在歐陽紇把白猿刺死之後，藉被虜婦女之口，詳述了白猿平日的生活及特性，並加上白猿生前所講的幾段話：

> 云，色衰必被提去，莫知所置。又捕採唯止其身，更無黨類。旦盥
> 洗，著帽，加白袷，被素羅衣，不知寒暑。遍身白毛，長數寸。所

居常讀木簡，字若符篆，了不可識；已，則置石磴下。晴晝或舞雙
劍，環身電飛，光圓若月。其飲食無常，喜啗果栗；尤嗜犬，咀而
飲其血。日始逾午，即欻然而逝。半晝往返數千里，及晚必歸，此
其常也。所須無不立得。夜就諸牀嬲戲，一夕皆周，未嘗寐。言語
淹詳，華音會利。然其狀，即猳玃類也。今歲木葉之初，忽愴然曰：
「吾為山神所訴，將得死罪。亦求護之於眾靈，庶幾可免。」前月
哉生魄，石磴生火，焚其簡書。悵然自失曰：「吾已千歲，而無子。
今有子，死期至矣。」因顧諸女，汍瀾者久，且曰：「此山峻絕，未
嘗有人至。上高而望，絕不見樵者。下多虎狼怪獸。今能至者，非
天假之，何耶？」

汪國垣的《唐人傳奇小說集》選錄這段文字時，不把婦人的話用引號標起，
顯然是把人物的語言轉化為敘述的方式，至於白猿所說的話則非常清楚地用
引號標出。因此我們可以看出〈補江總白猿傳〉的追敘技巧的確相當高明。

〈聶隱娘〉（《廣記》卷一九四）追敘的部分也非常明顯，一開始裴鉶就
告訴我們隱娘被尼偷走。五年後，尼送隱娘回來。聶鋒問女兒這些年學了些
什麼？隱娘不肯說，後來聶鋒一再追問，隱娘才說：

隱娘初被尼挈，不知行幾里。及明，至大石穴之嵌空數十步，寂無
居人，猿狖極多，松蘿益邃。已有二女，亦各十歲。皆聰明婉麗，
不食，能於峭壁上飛走，若捷猱登木，無有蹶失。尼與我藥一粒，
兼令長執寶劍一口，長二尺許，鋒利吹毛：令剚逐二女攀緣，漸覺
身輕如風。一年後，刺猿狖百無一失，後刺虎豹，皆決其首而歸。
三年後能飛，使刺鷹隼無不中。劍之刃漸減五寸，飛禽遇之，不知
其來也。至四年，留二女守穴，挈我於都市，不知何處也；指其人
者，一一數其過曰：「為我刺其首來，無使知覺。定其膽，若飛鳥之
容易也。」受以羊角匕首，刀廣三寸。遂白日刺其人於都市，人莫
能見。以首入囊，返主人舍，以藥化之為水。五年，又曰：「某大僚
有罪，無故害人若干，夜可入其室，決其首來。」又攜匕首入室，
度其門隙，無有障礙。伏之梁上，至瞑，持得其首而歸。尼大怒曰：
「何太晚如是？」某云：「見前人戲弄一兒可愛，未忍便下手。」尼
叱曰：「已後遇此輩，先斷其所愛，然後決之。」某拜謝。尼曰：「吾
為汝開腦後，藏匕首而無所傷，用即抽之。」曰：「汝術已成，可歸

家。」遂送還。云後二十年方可一見。

這也是非常詳細的追敘，雖然是從隱娘口中說出，卻有動作、有對話，和一般的敘述沒有兩樣，非常真切。

〈長恨傳〉（《廣記》卷四八六）到了最後，方士請玉妃言「當時一事」作為憑證，玉妃茫然退立，若有所思，徐而言曰：

> 昔天寶十年，侍輦避暑於驪山宮。秋七月，牽牛織女相見之夕，秦人風俗，夜張錦繡，陳飲食，樹花燔香於庭，號為乞巧。宮掖間尤尚之。
>
> 時夜殆半，休侍衛於東西廂，獨侍上。上憑肩而立，因仰天感牛女事，密相誓心，願世世為夫婦。言畢，執手各嗚咽。此獨君王知之耳。

這段文字有意強調玄宗對玉妃愛情的誠篤，如果沒有玉妃這番敘述，就不容易使讀者產生「此恨綿綿無絕期」的感受了。

〈謝小娥傳〉（《廣記》卷四九一）用了兩段簡短的追敘：

> 初，父之死也，小娥夢父謂曰：「殺我者，車中猴，門東草。」又數日，復夢其夫謂曰：「殺我者，禾中走，一日夫。」小娥不自解悟，常書此語，廣求智者辨之，歷年不能得。
>
> 先是謝氏之金寶錦繡衣物器具，悉掠在蘭家，小娥每執舊物，未嘗不暗泣移時。

而內容雷同的另一篇〈尼妙寂〉（《廣記》卷一二八）卻採用不同的方式。「託夢」一節安排在葉昇和任華下落不明之後，顯得非常自然。〈謝小娥傳〉的第二段追敘，〈尼妙寂〉也將它融化在篇末的追敘當中。而且這段追敘（復仇經過）是由尼妙寂向恩人李公佐說明，比較起來就更匠心獨運了。

和〈尼妙寂〉有異曲同工之妙的〈紅綫〉，則是把盜合經過安排在紅綫圓滿達成任務後向薛嵩報告：

> 某子夜前二刻，即達魏郡，凡歷數門，遂及寢所。聞外宅男止於房廊，睡聲雷動。見中軍士卒，徒步於庭，傳叫風生。乃發其左扉，抵其寢帳。見田親家翁正於帳內，鼓跌酣眠，頭枕文犀，髻包黃縠，枕前露一星劍，劍前仰開一金合，合內書生身甲子與北斗神名。復以名香美珍，散覆其上。然則揚威玉帳，坦其心豁於生前；熟寢蘭堂，不覺命懸於手下。寧勞擒縱，只益傷嗟。時則臘炬煙微，爐香燼委，侍人四布，兵器交羅。或頭觸屏風，鼾而響者；或手持巾拂，寢而伸者。某乃拔其簪珥，縶其襦裳，如病如醒，皆不能寤，遂持

金合以歸。出魏城西門，將行二百里，見銅臺高揭，漳水東注，晨
雞動野，斜月在林。悠往喜還，頓忘於行役；感知酬德，聊副於依
歸。所以當夜漏三時，往返七百里。入危邦一道，經過五六城，冀
減主憂，敢言其苦。

這是大家公認傳奇中最精采的文字之一，〔註 19〕敘述方式運用恰當也有一部
分功勞。

　　另外像〈李章武傳〉（《廣記》卷三四○，題曰〈李章武〉）寫王氏做了鬼
還對李章武依依不捨，悽豔感人。篇中李章武訪王氏舊居，發現物是人非，
王氏早已不知去向，幸好遇見一位鄰婦，就向她詢問，沒想到卻勾起鄰婦的
感傷，轉述了王氏從前向她吐露的衷曲：

某為里中婦五年，與王氏相善。嘗云：「我夫室猶如傳舍，閱人多矣。
其於往來見調者，皆殫財窮產，甘辭厚誓，未嘗動心。頃歲有李十
八郎，曾舍於我家。我初見之，不覺自失。後遂私侍枕席，實蒙歡
愛。今與之別累年矣。思慕之心，或竟日不食，終夜無寢。我家人
故不可託。復被彼夫東西，不時會遇。脫有至者，願以物色名氏求
之。如不參差，相託祇奉，並語深意。但有僕夫楊果，即是。」不
二三年，子婦寢疾。臨終，復見託曰：「我本寒微，曾辱君子厚顧，
心常感念。久以成疾，自料不治。曩所奉託，萬一至此，願申九泉
啣恨，千古睽離之嘆。仍乞留止此，冀神會於髣髴之中。」

這一段追敘非有不可，因為李章武如果找不到王氏，掉頭就走，那就沒戲可
唱了，所以定要安排鄰婦這個人物，做李章武與王氏的中間人，傳達王氏對
李的深情，李才會要求鄰婦為他開門，好和王氏「神會于髣髴之中」。這段追
敘除了幫助情節發展外，同時也使得讀者了解王氏對李用情之深，所以以後
王氏的鬼魂出現也就不足為奇了，所謂「精誠所至，金石為開」啊！

　　寫狐狸搗蛋的〈王生〉（《廣記》卷四五三）充滿了滑稽趣味。起先王生
屢屢識破狐狸的詭計，但是後來王生接獲僮僕送來的凶耗，只得盡貨田宅束
裝返鄉。到了揚州卻遙見另一艘船上載著家人，這一驚非同小可，王生上船

〔註 19〕葉師慶炳《中國文學史》上冊，頁 84：「其中盜合一段，布局與描述俱屬上乘。」
又胡倫清編，《傳奇小說選》（臺北：正中書局）〈紅綫‧紬演〉云：「本篇文
字之最有精采處，為銅臺高揭、漳水東流一段，寫景抒情，有不可言說之美。」
頁 103。

見了母親，說出原委，母親也說出入京的理由：

> 吾所以來此者，前月得汝書云：近得一官，令吾盡貨江東之產，爲
> 入京之計。

這也是一節小小的追敘，在情節上卻非常重要，因爲王生母子一照面，才發現上當了，這家人被妖狐騙得好慘！

四、補敘

「補敘」在唐傳奇裏用得多些，通常是擺在篇末，對情節中某一部分加以補充說明，使讀者的印象更爲完整。譬如〈吳保安〉，在郭仲翔厚葬保安，教養保安之子等事敘述完畢之後，本來已經可以結束了，但卻接著有這麼一段：

> 初，仲翔之沒也，賜蠻首爲奴。其主愛之，飲食與其主等。經歲，
> 仲翔思北，因逃歸。追而得之，轉賣於南洞。洞主嚴惡，得仲翔，
> 苦役之，鞭笞甚至。仲翔棄而走，又被逐得。更賣南洞中。其洞號
> 菩薩蠻，仲翔居中經歲，因厄復走，蠻又追而得之，復賣他洞，洞
> 主得仲翔，怒曰：「奴好走，難禁止邪！」乃取兩板，各長數尺，令
> 仲翔立於板，以釘自足背釘之。釘達於木，每役使，常帶二木行，
> 夜則納地檻中，親自鐍閉。仲翔二足，經數年，瘡方愈。木鐍地檻，
> 如此七年。仲翔初不堪其憂。保安之使人往贖也，初得仲翔之首主，
> 展轉爲取之，故仲翔得歸焉。

這段事情是發生在郭仲翔被南蠻俘虜期間，如果用追敘來寫，就該安排在他被贖回和吳保安見面時說出來，但這樣一來，賓主關係就弄亂了。因爲這篇主要是強調吳保安對郭仲翔的友誼深厚，而郭也同樣地回報吳的恩情。所以作者牛肅乾脆把這一段郭仲翔在蠻境受苦的經過以補敘來處理，安排在故事結束以後，「不但使前文不拖沓，而亦使後文不寂寞」〔註20〕

〈東城老父傳〉有三分之一的篇幅是賈昌論開元的故事，這被古添洪先生認爲是「作者借故事中人物以道出其個人對社會的議論，而這議論與故事中人物的個性、處境相違背。……試想，一個已悟道而六親不認的老人賈昌，他還有俗念對政治、社會作如此入世的批評嗎？」〔註21〕所說固然有理，但

〔註20〕毛宗崗，〈讀三國志法〉，大字《三國志演義》（臺北，文源書局影印本），〈讀法〉頁19。
〔註21〕古添洪，〈唐傳奇的結構分析〉，《中外文學》四卷三期，頁90。

陳鴻是站在一個作史傳的立場寫這篇作品，他覺得只把賈昌從榮寵到隱沒寫出來是不夠的，必須讓賈昌對歷史的變遷作一交代。從小說的結構來說，這誠然是一道敗筆，但就陳鴻的立場來說又不可省略。這種補敘固然可以加深讀者對開元政治的了解，但對賈昌個人的了解則沒有什麼助益。

許多唐傳奇把補敘置於篇末，是為了使讀者得到一種恍然大悟的感覺。譬如〈鄭德璘〉的篇末，秀才崔希周投詩，其中竟有韋氏當初給德璘的那首紅牋詩：

> 德璘疑詩，乃詰希周，對曰：「數年前，泊輕舟於鄂渚，江上月明，時當未寢，有微物觸舟，芳馨襲鼻，取而視之，乃一束芙蓉也。因而製詩，既成，諷詠良久，敢以實對。」德璘歎曰：「命也。」

又如〈定婚店〉（《廣記》卷一五九）韋固逼問妻子眉間常帖一花子的緣故：

> 妻潸然曰：「妾郡守之猶子也，非其女也。疇昔父曾宰宋城，終其官。時妾在襁褓，母兄次沒。唯一莊在宋城南，與乳母陳氏居。去店近，鬻蔬以給朝夕。陳氏憐小，不忍暫棄。三歲時，抱行市中，為狂賊所刺。刀痕尚在，故以花子覆之。七八年前，叔從事盧龍，遂得在左右。以為女嫁君耳。」固曰：「陳氏眇乎？」曰：「然。何以知之？」固曰：「所刺者固也。」乃曰：「奇也。」

〈紅綫〉末，紅綫向薛嵩辭職，薛嵩不答應：

> 紅綫曰：「某前世本男子，遊學江湖間，讀神農藥書，而救世人災患。時里有孕婦，忽患蠱癥，某以芫花酒下之，婦人與腹中二子俱斃。是某一舉殺三人。陰力見誅，降為女子，使身居賤隸，氣稟凡俚，幸生於公家，今十九年矣。身厭羅綺，口窮甘鮮，寵待有加，榮亦甚矣。況國家建極，慶且無疆。此即違天，理當盡弭。昨往魏邦，以是報恩。今兩地保其城池，萬人全其性命，使亂臣知懼，烈士謀安。在某一婦人，功亦不小。固可贖其前罪，還其本形。便當遁跡塵中，棲心物外，澄清一氣，生死長存。」

〈裴航〉篇末，裴航拜見妻姊，沒想到竟是原先自己愛慕的樊夫人，左右的人告訴他：

> 是小娘子之姊，雲翹夫人，劉綱仙君之妻也。已是高真，為玉皇之女吏。

〈孫恪〉篇末，袁氏居然裂衣化為老猿，躍樹而去。孫恪嚇得魂飛神喪。

老僧這才了悟：

> 此猿是貧道爲沙彌時所養。開元中，有天使高力士經過此，憐其慧
> 黠，以束帛而易之。聞抵洛京，獻于天子。時有天使來往，多說其
> 慧黠過人，長馴擾于上陽宮內。及安史之亂，即不知所之。於戲！
> 不期今日更觀其怪異耳！碧玉環者，本訶陵胡人所施，當時亦隨猿
> 頸而往。今方悟矣。

前邊介紹過的〈江客仁〉，一開始就是寫豪首向李涉索詩，本涉贈他一絕，但後來豪首的行蹤始終沒有交代，一直等到李彙征在韋叟面前吟〈詠贈豪客詩〉，韋叟這才道出：

> 老身弱齡不肖，遊浪江湖，交結奸徒，爲不平之事。後遇李涉博士，
> 蒙簡此詩，因而踅跡。李公待愚擬陸士衡之薦戴若思，共主晉室。
> 中心藏焉，遠隱羅浮山經于一紀。李既云亡。不復再遊秦楚。

這可以算是最正宗的補敘法了。

又如〈劉貫詞〉（《廣記》卷四二一）這篇，劉貫詞爲蔡霞帶信到龍宮，結果得到一隻看來只值三五鐶的黃色銅椀，蔡霞的妹妹卻說那是「罽賓國椀」，可以賣錢十萬，弄得劉貫詞莫名所以，後來果然有一個胡客願出高價收買，而且把這隻椀的來龍去脈說出來：

> 客曰：「此乃罽賓國鎮國椀也。在其國，大禳人患厄，此椀失來，其
> 國大荒，兵戈亂起。吾聞爲龍子所竊，已近四年。其君方以國中半
> 年之賦召贖，君何以致之？」貫詞俱告其實。客曰：「罽賓守龍上訴，
> 當追尋次，此霞所以避地也。陰冥吏嚴，不得陳首，藉君爲由送之
> 耳。殷勤見妹者，非固親也，慮老龍之噬，或欲相啗。以其妹衛君
> 耳。此椀既出，渠亦當來，亦消患之道也。五十日後，漕洛波騰，
> 瀺灂晦日，是霞歸之候也。」

〈周邯〉（《廣記》卷四二二）與〈陶峴〉的內容大同小異，但〈陶峴〉是以詩作結，〈周邯〉卻由土地神上場，說了一段話教訓王澤（周邯之友，提供寶劍讓水精入水尋寶者）：

> 某土地之神。使君何容易而輕其百姓。此穴金龍，是上玄使者，宰其
> 瑰璧，澤潤一方。豈有信一微物，欲因睡而劫之。龍忽震怒，作用神
> 化，搖天關，擺地軸，搥山岳而碎丘陵。百里爲江湖，萬人爲魚鱉，
> 君之骨肉爲可保？昔者鍾離不愛其寶，孟嘗自返其珠。子不之效，乃

肆其貪婪之心，縱使猾黠之徒，取寶無憚。今已啗其軀而鍛其珠矣。

這其實就是議論式的結尾，但也帶有補敘的作用。

綜上所述，可見雖然大多數的唐傳奇都採用最直截了當的順敘法，但我們仍可找出二十篇左右的作品，它們能跳出既有的窠臼，嘗試其他的敘述方式。其中倒敘式以〈薛偉〉最為成功。追敘方式則有〈補江總白猿傳〉、〈聶隱娘〉、〈尼妙寂〉、〈紅綫〉、〈李章武傳〉等佳構。補敘的使用因有實際需要，顯得較多，效果也大都不錯。衡之以現代小說理論，唐傳奇所差的只是沒有意識流一種而已。

第四節　敘事觀點

原以為唐傳奇的敘事觀點沒有什麼好討論的，因為印象中比較著名的幾篇都是採用全知觀點，另外像〈周秦行紀〉（《廣記》卷四八九）故意用第一人稱來栽贓害人，〈遊仙窟〉則是風流才子的「懺悔錄」。可是當筆者仔細地尋找各篇的敘事觀點後，竟發現一個非常有趣的現象，那就是唐傳奇的敘事觀點並不單純，而且和 Maren Elwood 對刊於美國高級雜誌上一百則小小說所用的觀點統計結果相去不遠。Maren Elwood 的統計結果依次是：

（1）全知觀點
（2）主角的第三身觀點
（3）旁觀敘述者第一身觀點
（4）客觀觀點
（5）主角第一身觀點〔註22〕

而唐傳奇中除了第四種「客觀觀點」非常少見（〈馮燕傳〉也許可以算是），其餘各類都非常普遍，而且最多的也是全知觀點和主角第三身觀點。

以葉師慶炳所選的六大傳奇〔註23〕來看，〈霍小玉傳〉（《廣記》卷四八七）、〈杜子春〉（《廣記》卷十六）、〈虬髯客傳〉（《廣記》卷一九三）三篇都是採用全知觀點，〈鶯鶯傳〉是站在張生的觀點，〔註24〕〈南柯太守傳〉是站

〔註22〕 Maren Elwood 著，丁樹南編譯，《小小說的寫作與欣賞》（臺北：純文學出版社），頁 89〜90。

〔註23〕 葉師慶炳於 1986 年 4 月 12 日在臺大中文系學術討論會發表「唐人六大傳奇」之講演。

〔註24〕 但到了後半段，作者元稹自己卻冒了出來。

在淳于棼的觀點，這兩篇都是所謂「主角第三身觀點」。至於〈李娃傳〉（《廣記》卷四八四），基本上它也是採用主角第三身觀點，但曾作轉移；從開篇到滎陽生以乞食為事，都是從滎陽生的觀點來敘事，等滎陽生行乞到了李娃家門外，就開始轉到李娃的觀點，後來又轉回到滎陽生身上。〔註25〕

其他各篇也以採全知觀點和主角第三身觀點的占大多數，如〈任氏傳〉、〈柳氏傳〉、〈長恨歌傳〉、〈無雙傳〉、〈張老〉、〈吳保安〉、〈紅綫〉、〈崑崙奴〉、〈聶隱娘〉、〈裴航〉、〈崔煒〉、〈孫恪〉、〈韋自東〉、〈步飛煙〉、〈浮梁張令〉、〈董慎〉、〈張無頗〉、〈華州參軍〉、〈后土夫人〉、〈蘇無名〉、〈韋皋〉、〈狄惟謙〉、〈焦封〉、〈楚兒〉、〈張佶佶〉、〈陳季卿〉、〈姚氏三子〉、〈苗夫人〉、〈購蘭亭序〉、〈成弼〉、〈甯茵〉、〈徐玄之〉等，都是採全知觀點。而採主角第三身觀點的則有：〈李章武傳〉、〈柳毅〉、〈唐晅〉、〈郭元振〉、〈薛偉〉、〈崔書生〉、〈王知古〉、〈李衛公靖〉、〈古元之〉、〈板橋三娘子〉、〈白皎〉、〈江客仁〉、〈李咸〉、〈吳堪〉、〈李生〉、〈李行脩〉、〈許至雍〉、〈李子牟〉、〈李暮〉、〈南陽士人〉、〈盧佩〉、〈劉貫詞〉等。

由於唐傳奇的結構特殊，首尾常有一些交代故事來龍去脈及議論的文字，所以討論觀點時必須屏棄這些「非情節因素」，才能做比較正確的判斷。大致說來，唐傳奇採用全知觀點敘事時，沒有什麼困難；採用主角第三身觀點時，大部分也都很成功，只有少數顯得比較凌亂。這應該也算是唐傳奇了不起的地方了。

一、全知觀點

在採用全知觀點的各篇中，〈任氏傳〉（《廣記》卷四五二）是相當成功的。〈任氏傳〉主要是寫任氏和鄭六、韋崟三人之間的戀情，如果採用第一人稱或主角第三人稱的觀點敘述，都會有「掛一漏二」的遺憾，惟有採用全知觀點才能完全把他們三人的心態呈現在讀者面前。〈步飛煙〉亦是如此，透過全知觀點，我們可以很清楚地看到步飛煙匹配龐悍武夫的怨，和趙象迷戀飛煙美色的癡，以及武公業陰狠慘酷的作風。如果換成其他觀點，可能就無法表達得如此顯豁。

〔註25〕這種轉移雖然破壞了全篇的統一性，但因為轉得十分自然，尚不致對小說敘事的效果有什麼大妨礙。

二、主角第三身觀點

　　以主角第三身觀點寫得精采的傳奇很多，如〈南柯太守傳〉、〈李章武傳〉、〈郭元振〉、〈薛偉〉、〈李衛公靖〉、〈唐晅〉、〈李咸〉、〈南陽士人〉、〈盧佩〉、〈劉貫詞〉等，這些篇的內容多少都涉及神怪，採用此種觀點最合適。〔註26〕以〈郭元振〉來說，全篇循著郭元振的視聽言動，發展出極動人心魄的情節；〈李衛公靖〉（《廣記》卷四一八，題曰〈李靖〉），也不讓〈郭元振〉專美於前，內容更富變化，李靖不在場的時候，就以「聽聞」來交代故事的發展，如：

> 公獨念山野之外，夜到而闈者，何物也？懼不敢寢，端坐聽之。夜將半，聞扣門聲甚急。又聞一人應之。曰：「天符大郎子報當行雨，周此山七里，五更須足，無慢滯！無暴傷！」應者受符入呈。聞夫人曰：「兒子二人未歸。行雨符到，固辭不可，違時見責。縱使報之，亦以晚矣。僮僕無任專之理，當如之何？」

〈李章武傳〉為了交代王氏子婦對李章武的癡情，還特別安排一位鄰婦轉述王婦的話，〈唐晅〉則是採用插敘的方式一再跳回往事；這些都可見作者為觀點所用的匠心，是相當難得的。

〈李咸〉（《廣記》卷三三七）則是運用「視見」：

> 忽見廚屏間有一婦人窺覘，去而復還者再三，須臾出半身，綠裙紅衫，素顏奪目。時又竊見李生起坐，招手以挑之。……王生乃佯寐以窺其變。……王生潛行陰處遙覘之，二人俱坐，言笑殊狎。須臾見李獨歸，行甚急，……李入廚取燭，開出書笥，顏色慘悽，取紙筆作書，又取衣物等，皆緘題之。王生竊見之，直謂封衣以遺婦人。……比至入簾，正見李生臥於牀，而婦人以披帛絞李之頸，……

〔註26〕威廉著，張志澄編譯，《短篇小說作法研究》（臺北：商務印書館），頁75：「至於第三位敘述者的應用，在超自然小說中間更為適當，因為它能夠鞏固讀者的信心。」

所有的一切，都逃不過王生的一雙眼睛，這是以主角第三身觀點寫得很成功的一篇。

三、旁觀敘述者第一身觀點和主角第一身觀點

用第一人稱觀點敘事的唐傳奇只有寥寥幾篇，如時代較早的〈古鏡記〉、〈遊仙窟〉、以及稍後的〈謝小娥傳〉、〈周秦行紀〉、〈秦夢記〉、〈王團兒〉等。這幾篇雖然都是第一人稱，但又有不同之處，〈古鏡記〉的作者王度就是古鏡的主人，他把古鏡在他身邊所發生的事件一一寫出，是以主人翁作為敘述者，但中間古鏡有兩次被他弟弟王勣拿去，於是觀點就轉到王勣身上。第一次是大業九年正月朔旦：

> 有一胡僧，行乞而至度家，弟勣出見之。覺其神彩不俗，更邀入室。
>
> 而為具食，坐語良久。胡僧謂勣曰：「檀越家似有絕世寶鏡也。可
>
> 得見耶？」勣曰：「法師何以得知之？」僧曰：「貧道受明錄祕術，
>
> 頗識寶氣。……」勣出之。僧跪捧欣躍，又謂勣曰：……遂留金煙
>
> 玉水等法，行之無不獲驗。而胡僧遂不復見。其年秋，度出兼芮城
>
> 令。

我們可以看出，觀點很快又轉回到王度身上。第二次是大業十年，王勣打算遍遊山水，向王度索贈古鏡，王度答應了。所以一直等到大業十三年王勣歸來，才由他口述這中間古鏡的故事，這段敘述當然是用王勣的觀點。

第一人稱的寫法，本來就比其他寫法更能使人感到真實、親切，但缺點是寫作的範疇受到很大的限制，情節的發展必須圍繞著主角，除了主角的耳聞目睹外都不能直接描寫。〈古鏡記〉除了王度自己現身說法外，還把他弟弟王勣也拉進來，不僅增加情節的變化，在觀點上也可以運用得比較靈活。

〈謝小娥傳〉和〈古鏡記〉不一樣的地方是，作者李公佐並不是主角，而是一個次要角色。換句話說，他應該是個限制敘述者，所知有限，〔註 27〕

〔註27〕William Kenney 著，陳迺臣譯，《小說的分析》（臺北：成文出版社），頁 61：「限制敘述者是個所知有限的敘述者。他可能出現在從裏頭講的小說（第一人稱敘述），也可能出現在從外面後講的小說（第三人稱敘述）。」

但他並沒有遵守這種限制，一開始就把謝小娥的身世交代了一番，又說她夢見父親和丈夫訴她十二字謎語，然後才講到自己到瓦官寺幫謝小娥悟出謎底、和謝小娥見面等。接下來就敘述謝小娥復仇的經過，最後才說自己和謝小娥重逢。如果從敘事觀點來看，李公佐這種寫法實在太隨便、太糟糕了。他忘記自己是故事中的人物之一，反而採用全知的方式敘述，如果我們現在寫這個故事，一定要好好考慮觀點的限制，也難怪李復言會另寫一篇內容大同小異的〈尼妙寂〉。

至於〈周秦行紀〉（《廣記》卷四八九），是韋瓘以牛僧孺的口吻自敘一場奇異的遭遇，本來他想要藉此誣害牛僧孺，但這種詭計被明理的唐文宗識破，沒有成功。〔註28〕雖然作者不是牛僧孺，但就這篇傳奇來說，仍然是主角第一人稱觀點。韋瓘這篇的寫法很符合標準，內容全是主角牛僧孺的所見所聞，沒有絲毫逾越。

〈遊仙窟〉和〈秦夢記〉（《廣記》卷二八二，題曰〈沈亞之〉）兩篇的作者也就是主角，前者是寫張文成的一場豔遇，極盡鋪敘之能事；後者是沈亞之記自己做的一場夢，和〈枕中記〉、〈南柯太守傳〉一樣，在夢中歷經榮華富貴然後覺醒。有趣的是這三篇傳奇正好採取不同的敘事觀點；〈枕中記〉採全知觀點，寫道士呂翁授枕給盧生，讓盧生做了一場好夢；〈南柯太守傳〉用的是主角第三人稱觀點，也就是用淳于棼的觀點敘事；而〈秦夢記〉則是沈亞之自己擔任主角，用的是主角第一身觀點。比較這三篇的寫作技巧，最高的當然是〈南柯太守傳〉，葉師慶炳已把它列為六大傳奇之一。〈南柯太守傳〉的成功因素固然很多，觀點選擇的正確應該也是其中之一。〈枕中記〉的篇幅比較短，觀點又轉來轉去，不像〈南柯太守傳〉那麼統一，效果自然要打點折扣了。至於〈秦夢記〉，用第一人稱雖然使人有親切感，但因為附會上歷史人物，反而更有「荒唐夢一場」的意味，表達的主題不能像〈枕中〉、〈南柯〉那麼令人信服、感動。不過這並不能怪沈亞之採取的觀點不對，而是題材本身就不夠精采的緣故。

〈王團兒〉是孫棨《北里志》中比較特別的一篇，因為是寫孫棨他自己和王團兒的次女宜之的一段情。孫棨用非常自然的筆調娓娓道來，彷彿真有其事，可惜宜之雖然「豐約合度、談論風雅」，但畢竟是娼妓人家，所以孫棨不願接納她，二人只得分手。後來孫棨又遇見宜之，宜之已是別人的妾，孫

〔註28〕見汪國垣《唐人傳奇小說集》（臺北：世界書局），頁 155 之按語。

棨讀著她的贈詩非常悵惘，又想起宜之從前告訴他的一些往事。

　　這篇〈王團兒〉寫得比《北里志》其他各篇都委婉動人，可能和孫棨用的第一人稱現身說法的方式頗有關係。

四、客觀觀點

　　沈亞之的〈馮燕傳〉（《廣記》卷一九五，題曰〈馮燕〉）在唐傳奇中可算是一個異數，譬如它的篇幅極其短小，文字簡潔到幾乎沒有任何修飾語，情節卻是奇峯迭起，出人意表。對馮燕的作為，沈亞之自己固然是讚美不已，司空圖的〈馮燕歌〉也稱其為「義士」，[註29]但是不是每個讀者都認為如此就很難說了，如今人劉紹銘就不以為然：「這明明是個奸夫淫婦的故事。」[註30]可見如果要討論〈馮燕傳〉，還真會引發一場激烈的辯論呢！但我們若從敘事觀點上來看它（只要能把文末的讚語略去），〈馮燕傳〉幾乎是採取了「客觀的觀點」來敘述，這是一種純然從外在著手而不透入人物內心的特殊手法。[註31]沈亞之的寫法到底符不符合這個標準？我們試看：

　　　　（一）馮燕室張嬰之妻，只是「見戶旁婦人，翳袖而望者，色甚冶。」

　　　　（二）馮燕殺張嬰之妻，只是「……燕指巾令其妻取，妻即以刀授
　　　　　　　燕，燕熟視，斷其妻頸，遂巾而去。」

　　　　（三）馮燕自首，則是「有一人排看者來，呼曰：『且無令不辜死者。
　　　　　　　吾竊其妻，而又殺之，當繫我。』吏執自言人，乃燕也。」

只有動作、對話以及外表的反應。作者沈亞之有意隱藏或略去馮燕的心理動機，一直到最後才加以揭露。

　　當然，如果拿〈馮燕傳〉和客觀觀點的小說大師海明威的作品相比，前者仍是相當簡略粗疏的。不過沈亞之是中唐人（元和十年進士，西元815年），海明威則已跨進二十世紀（1899～1961），相去有十一世紀之遙，而沈亞之能大膽嘗試這種方式寫作（他的其他作品如〈湘中怨解〉是第三人稱，〈異夢錄〉、〈秦夢記〉是第一人稱，又各不同），已經是相當不簡單了。

　　歷來研究唐傳奇的學者，似乎都沒有注意到敘事觀點這個問題，但近代

[註29] 司空圖〈馮燕歌〉云：「魏中義士有馮燕，遊俠幽并最少年。」見《唐音統籤》
　　　卷七〇四。
[註30] 劉紹銘，〈尤物賈禍，張生忍情？——批評與考證：再讀「鶯鶯傳」〉（《聯合
　　　報・副刊》，1986年12月9日）。
[註31] 羅勃・方登等著，丁樹南譯，《寫作淺談》（臺北：學生書局），頁126。

西方小說理論十分重視此事，認爲敘事觀點的運用與小說技巧的優劣關係密切，所謂「觀點的選擇乃是小說作家所應該做的最重要的選擇」，〔註32〕李喬稱敘事觀點爲小說的「藝術之鑰」，〔註33〕亦實非虛言。唐傳奇在這方面的表現相當令人欣慰，從本節的分析可以看出，許多作品已能成功地運用最合適的觀點，如〈任氏傳〉的全知觀點，〈南柯太守傳〉、〈李衛公靖〉的主角第三身觀點，〈周秦行紀〉、〈王團兒〉的主角第一身觀點，以及幾近符合客觀觀點的〈馮燕傳〉，讓人不得不佩服古人這種無規矩亦能畫方圓的本事。

第五節　懸疑與伏筆

一、懸疑

「懸疑」是小說吸引讀者的一大力量，好的懸疑可以緊緊勾住讀者的情緒，一直到它被解開爲止。唐傳奇中也有一些作品把懸疑運用得十分成功，譬如〈薛偉〉：

> 其秋，偉病七日，忽奄然若往者。連呼不應，而心頭微暖，家人不忍即斂，環而伺之。經二十日，忽長吁起坐，謂家人曰：「吾不知人間幾日矣？」曰：「二十日矣。」曰：「即與我覘群官方食膾否？言吾已蘇矣，甚有奇事，請諸公罷筯來聽也。」
> 僕人走視群官，實欲食膾。遂以告，皆停餐而來。偉曰：「諸公敕司戶僕張弼求魚乎？」曰：「然。」又問弼曰：「漁人趙幹藏巨鯉，以小者應命，汝於葦間得藏者，攜之而來。方入縣也，司戶吏坐門東，糺曹吏坐門西，方弈棊。入及階，鄒、雷方博，裴啗桃實。弼言幹之藏巨魚也，裴五令鞭之。既付食工王士良者，喜而殺乎？」遞相問，誠然。眾曰：「子何以知之？」曰：「向殺之鯉，我也。」

一開篇就是一個大懸疑，昏病七日人事不知的薛偉，怎麼會一醒來就知道大家正準備吃膾？而且還說自己就是那條鯉魚，眞是太奇怪了。

又如〈崑崙奴〉（《廣記》卷一九四）這篇，崔生到一品勳臣家去探病，因而見到了紅綃妓，這紅綃妓送崔生出院的時候：

〔註32〕William Kenney 著，陳迺臣譯，《小說的分析》，頁 55。
〔註33〕李喬，《小說入門》，頁 150。

> 時生回顧，妓立三指，又反三掌者，然後指胸前小鏡子，云：「記取。」
>
> 餘更無言。

紅綃妓的這些動作代表什麼意義呢？不但崔思索不得，連讀者也弄胡塗了。

〈聶隱娘〉一開始也是採用懸疑的手法，那個尼姑爲什麼要向聶鋒討隱娘呢？聶鋒不肯，尼姑居然說：

> 任押衙鐵櫃中盛，亦須偷去矣。

後來果然當夜聶隱娘就不知去向，五年後才把她送回來，這又是爲什麼呢？

這種一開篇就打了個大問號的傳奇，的確有莫大的吸引力，使得讀者不得不急急地讀下去，好把不能解決的疑團早日弄個清楚。

〈謝小娥傳〉技巧不算頂上乘，但那幾句謎語卻有很高的懸疑效果。

> 殺我者，車中猴，門東草。
>
> 殺我者，禾中走，一日夫。

到底劫殺小娥父親和丈夫的人是誰呢？謎底一直等到李公佐上場才算是揭開了。

〈柳毅傳〉中也用了小小的懸疑，那就是柳毅離開龍宮以後：

> 遂娶于張氏，亡。又娶韓氏，數月，韓氏又亡。

難道柳毅是天生的「剋妻」命嗎？怎麼連娶兩個妻子都亡故了呢？原來柳毅最後是要和龍女結合的，前面娶的妻子當然活不成了。

篇幅短小的〈鄭綺夫人〉（《廣記》卷一五九，題曰〈盧生〉）完全是以懸疑取勝，內容是說弘農令之女出嫁的那天，來了個女巫，新娘的母親李夫人就問女巫女婿盧郎的官祿如何，沒想到女巫竟說新郎不是長髯的盧郎，而是「中形而白，且無鬚」的另一人。李夫人大吃一驚，問女巫今晚的婚禮能不能舉行，女巫又說可以。那爲什麼新郎不是盧郎呢？不要說李夫人不明白，就是讀者看到這裏也是百思莫解。

前面介紹過的〈李生〉也是懸疑性極高的，深州太守召李生拜見王士真，本來是因爲李生「美風儀，善談笑」，可以陪王士真喝酒聊天，沒想到兩人一見面：

> 士真目之，色甚怒，既而命坐。貌益恭，士真愈不悅，瞪顧攘腕，
>
> 無向時之歡矣。太守懼，莫知所謂，顧視生，靦然而汗，不能持盃。
>
> 一座皆愕。有頃，士真叱左右，縛李某繫獄，左右即牽李袂疾去，
>
> 械獄中。已而士真歡飲如初。

這兩個初見面的人難道有什麼深仇大恨嗎？眞是奇怪極了！

前一節曾提到〈李咸〉善用「視見」來敘事，其實這篇還有另一項長處——步步懸疑。李咸和表兄王容夜宿鄧州郵廳，三更時分王容還睡不著，躺在牀上忽然看見：

> 廚屏間有一婦人窺覘，去而復還者再三，須臾出半身，綠裙紅衫，素顏奪目。時又竊見李生起坐，招手以挑之。王生謂李昔日有契，又必謂婦人是驛吏之妻，王生乃佯寐以窺其變。俄而李子起，就婦人於屏間，語切切然，久之，遂攜手大門外。王生潛行陰處遙覘之。二人俱坐，言笑殊狎，須臾見李獨歸，行甚急，婦人在外屏立以待。李入廚取燭，開出書笥，顏色慘悽，取紙筆作書，又取衣物等皆緘題之。王生竊見之，直謂封衣以遺婦人，輒不忍驚，伺其睡乃擬掩執。封衣畢，置牀上，卻出，顧王生且睡，遂出屏與婦人語。

這個婦人到底是什麼人？她和李咸在一起聊些什麼？李咸爲什麼又進屋裏寫信、封衣？這些都是王容覺得奇怪的地方，他雖然做了一些猜測，卻不能滿足讀者的疑惑。後來事實證明王容全猜錯了，這篇作者用了好幾次懸疑，一直到最後才全部加以消釋。

〈浮梁張令〉（《廣記》卷三五○）和〈許至雍〉（《廣記》卷二八三）各有一個關鍵人物，這個人物的出場就是一個懸疑。〈浮梁張令〉中：

> 至華陰，僕夫施幄幕，陳樽罍。庖人炙羊方熟，有黃衫者，據盤而坐，僕夫連叱，神色不撓。店嫗曰：「今五坊弋羅之輩，橫行關內，此其流也，不可與競。」僕夫方欲求其帥以責之，而張令至，具以黃衫者告。張令曰：「勿叱。」召黃衫者問曰：「來自何方？」黃衫但唯唯耳。促煖酒，酒至，令以大金鍾飲之。雖不謝，似有愧色。飲訖，顧炙羊，著目不移。令自割以勸之。一足盡，未有飽色。令又以盒中飫十四五啖之。凡飲二斗餘，酒酣，謂令曰：「四十年前，曾於東店得一醉飽，以至今日。」令甚訝，乃勤懇問姓氏。對曰：「某非人也，蓋直送關中死籍之吏耳。」

許至雍則是在想念亡妻時，忽然聽到亡妻說：

> 若欲得相見，遇趙十四，莫惜三貫六百錢。

原來黃衫並不是宮坊中的廝役，而是送關中死籍的冥吏，他可以指引浮梁張令設法延長陽壽；而趙十四是一位法力高強的男巫，能安排許至雍和亡妻見

面。這種關鍵人物的身分揭穿之後，故事才有繼續發展下去的可能。

二、伏筆

「伏筆」也是小說中常見的一種技巧，所謂「前有伏，後有應」，伏筆和照應可以形成合理的因果關係，同時也帶給讀者莫大的趣味——原來如此。仔細讀小說的人往往會認真地探求作者埋下的伏筆，並預測照應如何；粗心大意的讀者則可能在看完結局以後才迷迷糊糊地想起：「似乎前面曾經提到……。」可見就讀者來說，伏筆並不容易發現；同樣的，作者要安排伏筆也是得煞費苦心的，因為標準的伏筆是「似隱似現，若有還無」，隱藏在字裏行間的，換句話說，必須是「看似無意，其實有心」，這對作者來說，實在是很大的挑戰。唐傳奇中的佳篇，運用伏筆成功的委實不少，值得提出來討論討論。

譬如〈柳毅〉這篇，柳毅遇見龍女，答應為她傳書後，

> 毅又曰：「吾為使者，他日歸洞庭，幸勿相避。」
>
> 女曰：「寧止不避，當如親戚耳。」

這「當如親戚耳」是一句非常現成的話，能為龍女傳書，就是龍女的救命恩人，那將來相見不是和一家人一樣麼！但隨著故事發展，我們才知道這「親戚」一詞不僅僅是指道德上的意義，而是指真正的親戚——龍女嫁給柳毅，兩家成了姻親。不過這段親戚的結成倒也不是三言兩語就成功的，先是錢塘君說媒被柳毅拒絕，然後柳毅先後娶了兩個太太都亡故了，最後娶了盧氏，過了一個月發覺盧氏很像龍女，等生了兒子，「既產，踰月，乃穠飾換服，召親戚」，盧氏這才揭開自己的身世：「余即洞庭君之女也。」

這條伏線埋得好長好遠，照應則是慢慢露出，真是所謂「遠遠生根，閑閑下著。」〔註34〕

再如〈霍小玉傳〉（《廣記》卷四八七），一開始鮑十一娘向李益介紹小玉的身分時說：

> 故霍王小女，字小玉，王甚愛之。母曰淨持。淨持，即王之寵婢也。
> 王之初薨，諸弟兄以其出自賤庶，不甚收錄。因分與資財，遣居於
> 外，易姓為鄭氏，人亦不知其王女。

〔註34〕清·蔡元放，〈水滸後傳讀法〉，收於重訂《水滸後傳》（臺北：天一出版社影
印本），〈讀法〉頁14。

一般人讀到這裏，都會認爲這是唐代娼妓擡高身價的老詞了，可是蔣防似乎有意把這點寫成事實，試看下列二節：

> 玉管絃之暇，雅好詩書，筐箱筆研，皆王家之舊物。遂取繡囊，出越姬烏絲欄素縑三尺以授生。

> （玉）曾令侍婢浣沙將紫玉釵一隻，詣景先家貨之。路逢內作老玉工，見浣沙所執，前來認之曰：「此釵，吾所作也。昔歲霍王小女將欲上鬟，令我作此，酬我萬錢。我嘗不忘。汝是何人？從何而得？」

> 浣沙曰：「我小娘子，即霍王女也。……」

可以看出小玉確是霍王之女，這兩節文字正好是前面的照應，也可以看出小玉和那些自擡身價的妓女是有別的。

〈李娃傳〉的情感轉折非常劇烈，伏筆的安排更不可少。李娃雖曾設計甩掉滎陽生，但她對滎陽生並非毫無感情，因爲當滎陽生愈來愈窮的時候，作者寫到：

> 邇來姥意漸怠，娃情彌篤。

所以後來當李娃聽到滎陽生連聲疾呼「饑凍之甚」，音響悽切的時候，才能不顧其姥的反對，毅然決然的收留下滎陽生。

〈南柯太守傳〉的伏筆也運用得很好。傳中一方面極力描摹大槐安國是一塊樂土，另一方面又不斷地出現：

> 忽見山川風候草木道路，與人世甚殊。

> 時君亦講筵中，於師處請釵合視之。賞歎再三，嗟異良久。顧余輩曰：「人之與物，皆非世間所有。」

> 有仙姬數十，奏諸異樂，婉轉清亮，曲調悽悲，非人間之所聞聽。

> 羣仙姑姊亦紛然在側，令生降車輦拜，揖讓升降，一如人間。

暗示這裏根本是另一個世界，和後來的

> 王笑曰：「卿本人間，家非在此。」

可以相照應。又如一開始提到淳于棼「嗜酒使氣」、「縱誕飲酒」，除了是酒醉入夢的好理由外，後面也有夫人戒公主說：「淳于郎性剛好酒」的照應。而淳

于棼在大槐安國收到父親的信，說是「歲在丁丑，當與女相見」，後來淳于棼果然「歲在丁丑，亦終于家」。

〈李衛公靖〉的小伏筆也用得不錯。李靖在霍山中迷了路，到一座朱門大第前求宿，接受招待，「食頗鮮美，然多魚。」在深山中怎麼會用許多鮮美的魚來待客呢？原來此地不是別處，

> 夫人曰：「此非人宅，乃龍宮也。……」

又半夜李靖不敢睡，聽到有人下令：

> 天符大郎子報當行雨，周此山七里，五更須足，無慢滯！無暴傷！

因為不准「慢滯」，所以情急之下夫人就找李靖幫忙行雨，說是不可「暴傷」，偏偏李靖自作聰明連下二十滴，把整個山村都淹沒了，傷得可是再嚴重也沒有了。

把狐仙寫得與眾不同的〈王知古〉（《廣記》卷四五五，題曰〈張直方〉），也有一道很重要的伏筆。貢士王知古和勢大權重的張直方甚為狎熟，一個冬晨直方邀知古出獵，「知古以祁寒有難色」，直方就命屬下取了一件短皁袍，請知古穿上，知古就在短皁袍上另加一件麻衣，然後和直方聯轡出發了。後來因為追逐大狐，知古和大家走散了，來到一座朱門大第，知古受到很好的款待，而且這家夫人還打算把女兒嫁給他。之後保母請他更衣休息，知古脫下麻衣露出了皁袍，

> 保母誚曰：「豈有逢掖之士，而服短後（從役）之衣耶？」

當知古回答不是自己的，是向張直方僕射借來的，這時

> 保母忽驚叫仆地，色如死灰。既起，不顧而走入宅。……復聞夫人
> 音叱曰：「火急逐出，無啓寇讎。」於是婢子小豎羣從，秉猛炬，
> 曳白梃而登階。

整個局面頓時改觀，知古狼狽而逃，找到張直方的時候，氣得話都說不出來了。

借短皁袍給王知古完全是張直方的一番好意，當時張直方正準備出發，倉促之間也無暇去找一件符合王知古身分的禦寒衣物，而短皁袍是最方便的了，沒想到卻引起一場鬧劇。這條伏筆的安排，可說是非常巧妙。

裴鉶的〈孫恪〉寫得極為動人。女主角袁氏的「袁」諧「猿」音，固然已是一種暗示，但袁氏一出場所吟的詩句：「青山與白雲，方展我懷抱。」也是一段伏筆。一個大家閨秀居然有青山白雲之志，豈不是很特別麼！袁氏的

身分一再教人起疑，後來孫恪赴任，一路上「袁氏每遇青松高山，凝睇久之，若有不快意。」到了峽山寺，袁氏居然高興起來，帶著兩個孩子往老僧院去，「若熟其逕者」，孫恪也覺得有異。她又送碧玉環子給老僧、在僧壁上題詩，愈來愈怪，最後果然抱著孩子哭一陣，就裂衣化爲老猿了。假如沒有前邊的種種暗示和伏筆，那袁氏拋夫棄子重返山林就令人難以置信了。

　　先前介紹過的〈江客仁〉，豪首在得到李涉贈詩後，「神情復異而義氣備焉」，這句話非常重要，因爲李涉在淮陽沒碰見豪首，不知豪首是否真的革心洗面了。後來李彙征遇見的韋叟承認自己就是當年劫船的豪首，他受到李涉的感召，「因而跧跡，……遠隱羅浮山」。如果前邊沒有那一句話做伏筆，大家也不能接受一個強盜說變好就變好的結局。

　　〈板橋三娘子〉（《廣記》卷二八六）是一篇幽默小說，女主角三娘子開一家旅店，以鬻餐爲業，「然而家甚富貴，多有驢畜」，這就是一道伏筆。原來她的驢畜全是她用店裏的客人變的，真是可怕！

　　〈劉氏子妻〉（《廣記》卷三八六）寫劉氏子年少時不學好，想娶王小姐爲妻，王家不答應。後來他去當兵，退伍回到家鄉又和從前那批狐羣狗黨鬼混，有次和大家打賭，半夜送東西到一座壞墓上去，結果卻背了一個死婦人回家，後來婦人居然蘇醒過來，她正是當年劉氏子想娶而娶不到的王家小姐。這篇傳奇一開始「王氏有女，求聘之，王氏不許」是很重要的伏線，故事內容雖鬼怪荒唐，但卻具有一定的因果關係。

　　比較起來，〈李生〉的安排就更高明了。這篇開頭只說他「少有膂力，恃氣好俠，不拘細行，常與輕薄少年遊。年二十餘，方折節讀書。」等到李生被關進監牢，真相才逐漸露出。李生本是浪子回頭金不換的典型，可惜他殺人的罪孽太深重，終難逃慘死的命運。

　　〈劉貫詞〉也是「前有伏，後有應」的最好例子。篇中蔡霞秀才對劉貫詞說：

　　　　娘奉見時，必請與霞少妹相見。

爲什麼要讓自己的妹妹同陌生男子相見呢？蔡霞的理由是：

　　　　渠雖年幼，性頗慧聰，使渠助爲主人，百緡之贈，渠當必諾。

說得冠冕堂皇，事實即是如此嗎？再看下面兩段：

　　　　方對食，太夫人忽眼赤，直視貫詞，女急曰：「哥哥憑來，宜且禮待，
　　　　況令消患，不可動搖。」

> 又進食，未幾，太夫人復瞪視眼赤，口兩角涎下。女急掩其口曰：「哥
> 哥深誠託人，不宜如此。」乃曰：「娘年高，風疾發動，祗對不得。
> 兄宜且出。」女若懼者。

這位太夫人真有風疾嗎？爲什麼蔡小姐又急又懼，一再提醒她母親「不可動
搖」、「不宜如此」呢？這個疑團一直等到劉貫詞遇見胡客才得到解答：

> 殷勤見妹者，非固親也。慮老龍之噬，或欲相啗，以其妹衛君耳。

我們可以看出這裏是把伏筆、懸疑聯合運用，蔡霞請妹出見是伏筆，妹出見
又造成懸疑；妹所謂的「消患」，又是另一個伏筆；最後胡客的解說，才把這
些伏筆、懸疑全都解決了。

寫蛇蠍美人的〈白蛇記〉（《廣記》卷四五八，題曰〈李黃〉），是李黃在
路上遇見一位白衣美女，被她迷住，就跟到她家住了三天，結果回家後身子
卻化爲一灘水的可怕故事。這當中有一個伏筆，就是李黃從白衣美女家出來
上馬的時候，僕人都覺得他「有腥臊氣異常」。李黃死後，家人隨僕人去找白
衣女子的家，哪有什麼房子？只是一座空園，一棵皁莢樹而已，

> 彼處人云：往往有巨白蛇在樹下，更無別物。

原來那白衣美女是白蛇化成的，前面那句「腥臊氣異常」早就做了暗示。

傳奇名篇〈霍小玉傳〉和〈鶯鶯傳〉也都安排了伏筆，霍小玉在和李益
定情之夕，居然樂極生悲：

> 中宵之夜，玉忽流涕觀生曰：「妾本倡家，自知非匹。今以色愛，托
> 其仁賢。但慮一旦色衰，恩移情替，使女蘿無托，秋扇見捐。極歡
> 之際，不覺悲至。」

後來李益以書判拔萃登科，授鄭縣主簿，即將赴任，小玉又舊事重提：

> 以君才地名聲，人多景慕，願結婚媾，固亦眾矣。況堂有嚴親，室
> 無冢婦，君之此去，必就佳姻。盟約之言，徒虛語耳，然妾有短願，
> 欲輒指陳。永委君心，復能聽否？

李益雖然愧感涕流，信誓旦旦，然而事實證明，他果然「孤（辜）負盟約，
大慆回期。寂不知聞，欲斷其望」。霍小玉的悲劇下場，早在她初識李益時就
播下了種子，其奈天何！〈鶯鶯傳〉則是在張生文調及期，當去之夕，

> 崔已陰知將訣矣，恭貌怡聲，徐謂張曰：「始亂之，終棄之，固其宜
> 矣。愚不敢恨。必也君亂之，君終之，君之惠也。則沒身之誓，其
> 有終矣。又何深感於此行？然而君既不懌，無以奉寧。君常謂我善

鼓琴，向時羞顏，所不能及。今且往矣，既君此誠。」因命拂琴，

鼓〈霓裳羽衣序〉，不數聲，哀音怨亂，不復知其是曲也。左右皆歔

欷。崔亦遽止之，投琴，泣下流連，趨歸鄭所，遂不復至。

「始亂終棄」已經暗示二人是不能結合了，「霓裳羽衣序」舊鈔本《類說》作
「廣陵散」，〔註35〕〈廣陵散〉是嵇康臨刑時所奏的琴曲，更有生離死別的哀
愁。〈鶯鶯傳〉的結局即使沒有「忍情說」作依據，也還是凶多吉少，這是元
稹早就在前面透露出來的。

　　懸疑和伏筆這兩項布局的重要技巧，在唐傳奇作品中使用得相當普遍。
綜合本節所述，可以發現懸疑方面有大懸疑、小懸疑和步步懸疑三種，很能
引起讀者的好奇並追索答案。在伏筆方面也可分為遠伏閑應和小伏筆，以及
一層層加強的伏筆，使整篇情節發展更為合理。至於把懸疑和伏筆聯結使用，
造成一次次的小高潮，效果就更特殊了。

第六節　戲劇性與高潮

　　小說中的「戲劇性」可分為戲劇性事件和戲劇性情勢，前者通常是指一
些突發性事件，可扭轉情節的發展或令小說中的人物措手不及；而戲劇性情
勢則是指著一種窘境，令人物進退維谷，光憑著本能的衝動或既定的習性無
法解決的。戲劇性的情節常可以產生娛樂或刺激的效果，有時則可以更深刻
地刻畫角色的性格。〔註36〕

　　唐傳奇有不少篇都利用戲劇性來達到上述的效果，如〈鶯鶯傳〉中鶯鶯
的一首〈明月三五夜〉，使張生不惜梯樹踰牆前去赴約，「且喜且駭，必謂獲
濟」，沒想到：

及崔至，則端服嚴容，大數張曰：「兄之恩，活我之家，厚矣。是以

慈母以弱子幼女見託。奈何因不令之婢，致淫逸之詞。始以護人之

亂為義，而終掠亂以求之。是以亂易亂，其去幾何？誠欲寢其詞，

則保人之姦，不義。明之於母，則背人之惠，不祥。將寄於婢僕，

又懼不得發其真誠。是用託短章，願自陳啟。猶懼兄之見難，是用

〔註35〕詳王夢鷗，《唐人小說校釋》上冊（臺北：正中書局），〈鶯鶯傳校釋〉，頁93
　　　　～94。

〔註36〕此說係根據 Thomas H. Uzzell 作，丁樹南譯，〈小說的戲劇原理〉（收於《寫
　　　　作的方法和經驗》，臺北：大地出版社，頁218～230）一文。

> 鄙靡之詞，以求其必至。非禮之動，能不媿心？特願以禮自持，毋
>
> 及於亂！」言畢，翻然而逝。張自失者久之。復踰而出，於是絕望。

真是太戲劇性了！鶯鶯請張生來，居然只是大大地數落他一番，這和張生原
來的設想，相去豈止一萬八千里！而當張生幾乎完全死心的時候（又過了三
天，毫無動靜），鶯鶯卻又自己送上門來：

> 俄而紅娘捧崔氏而至。至，則嬌羞融冶，力不能運支體，曩時端莊，
> 不復同矣。——是夕，旬有八日也。斜月晶瑩，幽輝半牀。張生飄
> 飄然，且疑神仙之徒，不謂從人間至矣。有頃，寺鐘鳴，天將曉，
> 紅娘促去。崔氏嬌啼宛轉，紅娘又捧之而去，終夕無一言。張生辨
> 色而興，自疑曰：「豈其夢邪？」及明，覩妝在臂，香在衣，淚光熒
> 熒然猶瑩於茵席而已。

這兩段文字不但有相當大的戲劇效果，同時也表現了鶯鶯矛盾的性格，她的
變化實在太大了，難怪張生要懷疑自己是不是在做夢。

〈李娃傳〉中的滎陽生也吃過一次閉門羹，那是在他和李娃到竹林神那
兒去求子的歸途，李娃設下詭計自己先走了，滎陽生在她姨母家等得天都黑
了也沒消息，趕回舊宅一看，才發現

> 門扃鐍甚密，以泥緘之。生大駭，詰其鄰人。鄰人曰：「李本稅此而
> 居，約已周矣。第主自收。姥徙居，而且再宿矣。」徵徙何處，曰：
> 「不詳其所。」生將馳赴宣陽，以詰其姨，日已晚矣，計程不能達。
> 乃弛其裝服，質饌而食，賃榻而寢。

這時滎陽生的心情可用「氣極敗壞」來形容，事情來得太突然，滎陽生做夢
也不會想到有這樣的一天。這次戲劇性事件（這本來就是李娃自導自演的一
場戲）把滎陽生的命運轉了一百八十度的大彎，他只得淪落到凶肆裏去唱哀
歌了。

李益的遭遇則和滎陽生恰恰相反，在〈霍小玉傳〉中，李益因為辜負了
小玉，所以處心積慮地避免和小玉見面，沒想到當他和五、六個朋友在崇敬
寺賞牡丹的時候，被一位黃衫客給盯上了：

> 公非李十郎者乎？某族本山東，姻連外戚。雖乏文藻，心嘗樂賢。
> 仰公聲華，常思觀止。今日幸會，得覩清揚。某之敝居，去此不遠，
> 亦有聲樂，足以娛情。妖姬八九人，駿馬十數匹，唯公所欲，但願
> 一過。

李益看這位黃衫客「丰神雋美，衣服輕華」，又被他恭維得迷迷糊糊，仗著人多勢眾，也就不疑有他。大家浩浩蕩蕩地騎馬前行，等到了勝業坊（小玉住此坊），李益感覺不對勁，想要調馬回頭的時候，卻被黃衫客攔阻，轉眼就到了霍小玉家，李益還恍恍惚惚，黃衫客已經老實不客氣地命「奴僕數人，抱持而進。疾走推入車門，便令鎖卻，報云『李十郎至也！』」

這對李益來說，真是措手不及的場面！將近兩年的嚴密防備，竟然毀在一個陌生人手中。方才在崇敬寺還被韋夏卿譏笑是「忍人」，如今卻被挾持來當罪人了！

〈柳氏傳〉中的戲劇性與〈霍小玉傳〉如出一轍，路見不平、拔刀相助的「許俊」，自告奮勇，用了一點小聰明，在須臾之間就把柳氏從沙吒利的宅第搶了回來。速度之快、過程之順，簡直不可思議：

> 俊曰：「請足下數字，當立致之。」乃衣縵胡，佩雙鞬，從一騎，徑造沙吒利之第。候其出行里餘，乃被裋執轡，犯關排闥，急趨而呼曰：「將軍中惡，使召夫人。」僕侍辟易，無敢仰視。遂升堂，出翊札示柳氏，挾之跨鞍馬，逸塵斷鞅，俊忽乃至。引裾而前曰：「幸不辱命。」四座驚歎。

當然，這兩段「劫人」的過程與結果也有不同之處，黃衫客是在雙方都不知情的狀況下進行，李益更是被「騙去」的；許俊則先和韓翊取得溝通，又得到柳氏的認可。經過這種劫人會面的情節，兩傳都接近尾聲，只是一悲一喜，讓人更加慨歎！

〈定婚店〉（《廣記》卷一五九）也有很戲劇性的一幕，韋固知道月下老人掌管人間婚姻，就趕緊問他自己的妻子是誰，老人說是賣菜陳婆的女兒，韋固就跟著去看：

> 入菜市，有眇嫗，抱三歲女來，弊陋亦甚。老人指曰：「此君之妻也。」
> 固怒曰：「煞之可乎？」老人曰：「此人命當食天祿，因子而食邑，庸可煞乎？」老人遂隱。

韋固為之氣結，他自忖是士大夫之家，怎麼會娶一個賣菜瞎老太婆的女兒呢！一怒之下，就磨了把小刀子，叫僕人去把那女孩殺掉。這是多麼戲劇化的安排！

在懸疑部分曾提出來的〈鄭絪夫人〉也有一個非常戲劇化的事件，或者可以說是一個動作。那就是盧郎到李家去迎親的時候：

賓主禮具。解珮約花,盧生忽驚而奔出,乘馬而遁,眾賓追之不返。

盧郎這一奔,不但眾賓客莫名其妙,主人弘農令更是尷尬異常,女兒大禮之日,女婿竟嚇得奪門而逃,豈不是天大的笑話!這個戲劇化動作,把弘農令逼進了進退維谷的窘境,造成了「戲劇性情勢」。

〈步飛煙〉中的戲劇化場面當推武公業捉姦那一幕:

> 公業曰:「汝慎言。我當伺察之。」後至直日,乃僞陳狀請假。迨夕,如常入直,遂潛於里門。街鼓既作,匐伏而歸。循牆至後庭,見煙方倚戶微吟,象則據垣斜睇。公業不勝其忿,挺前欲擒。象覺,跳去,公業搏之,得其半襦。乃入室,呼煙詰之。煙色動聲戰,而不以實告。

趙象和飛煙正沈浸在愛情的甜蜜中,哪裏想到武公業會突然闖進來拆散他們,使得一幅優美動人的畫面刹那間全變了顏色。

〈狄惟謙〉(《廣記》卷三九六)是寫晉陽縣令狄惟謙爲了求雨和女巫周旋的故事。然而女巫屢次作法失敗,狄也就一再受辱,最後女巫作賊心虛,竟想一走了之。狄用爲她餞行的名義,將她留下處死,但這一來

> 闔城駭愕,云:「邑長杖殺天師!」馳走紛紜,觀者如堵。時砂石流爍,忽起片雲,大如車蓋,先覆惟謙立所,四郊雲物會之,雷震數聲,甘雨大澍,原野無不滂流。士庶數千,自山擁惟謙而下。

本來羣情激憤,很可能會對狄惟謙不利的;沒想到大雨及時而下,化解了一切危機。這眞是極其戲劇化的場面,所謂「絕處逢生」是也。

至於戲劇性情勢,有時是併合著戲劇性事件發展的,如前述〈鄭絪夫人〉。有時也可抽離出來觀察,〔註37〕像〈馮燕傳〉裏馮燕叫姘婦取巾:

> 燕指巾令其妻取,妻即刀授燕,燕熟視,……

馮燕之所以「熟視」,就是因爲當時他遭逢了一個進退維谷的場面(戲劇性情勢),他只是要索回他的頭巾,沒想到張嬰的妻子卻把佩刀拿給他。她把刀給他意思是叫他把自己的丈夫張嬰殺了,他們倆好雙宿雙飛。可是馮燕原來並沒有殺害張嬰的打算。馮燕熟視之後所作的決定卻是把這個背叛丈夫的女人殺了,這又形成了「戲劇性事件」。

〔註37〕 Eliott Blackistom 作,丁樹南譯,〈危機與高潮〉(收於《寫作的方法和經驗》,頁 175~179)云:「所謂戲劇性情勢,就是置人物於進退維谷的一種複雜的情勢,此中不一定包含有戲劇性事件。」

〈杜子春〉（《廣記》卷一六）篇中就有兩次「戲劇性情勢」。老人先後三次借錢給杜子春，數目一次比一次龐大，子春第二次見到老人已經慚愧得不得了，第三次更是「掩面而走」，這種進退不得的情況真是教人難堪。另外像〈圓觀〉篇中，圓觀和李源出外遊訪，到了南浦，看到有幾個婦女「條達錦鐺，負甕而汲」，圓觀居然掉下眼淚，

> 曰：「某不欲至此，恐見其婦人也。」李公驚問曰：「自此峽來，此徒不少，何獨泣此數人？」圓觀曰：「其中孕婦姓王者，是某託身之所。踰三載尚未娩懷，以某未來之故也。今既見矣，即命有所歸。釋氏所謂循環也。」

這也是一種戲劇性情勢，圓觀一直極力避免這種情況的發生，最後還是避免不了。

高潮和戲劇性的關係極為密切，小說家李喬就說過：

> 小說的高潮，……就作品本身言：它是眾流匯歸的澎湃海洋，是戲劇性（dramatic）爆炸。〔註38〕

理論上每篇小說至少都該有一個高潮，但事實上的確有些小說是「高潮迭起」，但也有許多小說的高潮並不怎麼動人。所以此處討論唐傳奇的高潮時，是選擇較為突出動人的，而且不限於結尾的高潮。換句話說，各篇的中段高潮也包括在內。

唐傳奇中引人入勝的中段高潮頗多，〈任氏傳〉中任氏堅拒韋崟的強暴應該可以算一個：

> 既至，鄭子適出。崟入門，見小僮擁篲方掃，有一女奴在其門，他無所見。徵於小僮。小僮笑曰：「無之。」崟周視室內，見紅裳出於戶下。迫而察焉，見任氏戢身匿於扇間。崟引出就明而觀之。殆過於所傳矣。崟愛之發狂，乃擁而凌之，不服。崟以力制之，方急，則曰：「服矣。請少回旋。」既從，則捍禦如初，如是者數四。崟乃悉力急持之。任氏力竭，汗若濡雨。自度不免，乃縱體不復抗拒，而神色慘變。崟問曰：「何色之不悅？」任氏長歎息曰：「鄭六之可哀也！」崟曰：「何謂？」對曰：「鄭生有六尺之軀，而不能庇一婦人，豈丈夫哉！且公少豪侈，多獲佳麗，遇某之比者眾矣。而鄭生，窮賤耳，所稱愜者，唯某而已。忍以有餘之心，而奪人之不足乎？

〔註38〕李喬著，《小說入門》，頁194。

> 哀其窮餒，不能自立，衣公之衣，食公之食，故爲公所繫耳。若糠
> 糗可給，不當至是。」崟豪俊有義烈，聞其言，遽置之。斂衽而謝
> 曰：「不敢。」

這一段文字極爲緊湊，而且一再變化。任氏先是躲藏，被發現後頑強反抗，反抗不了就假裝服從，喘一口氣仍然「捍禦如初」，最後自度不免，眼看韋崟就要得逞，她卻能以「神色慘變」和一番道理感動了韋崟，立刻轉危爲安。這樣細膩的描寫使人如親眼目睹，最後的結果則顯得出人意表——想不到任氏這個狐妖竟如此貞潔，更想不到的是花花公子韋崟居然甘願放棄這個大好機會。

似乎中段高潮多是以動作取勝，如〈郭元振〉篇中：

> 將軍者喜而延坐。與對食，言笑極歡。公於囊中有利刀，思欲刺之。
> 乃問曰：「將軍曾食鹿脯乎？」曰：「此地難遇。」公曰：「某有少許
> 珍者，得自御廚，願削以獻。」將軍者大悅。公乃起取鹿脯，并小
> 刀，因削之，置一小器，令自取之。將軍喜，引手取之，不疑其他。
> 公伺其機，乃投其脯，捉其腕而斷之。將軍失聲而走，道從之吏，
> 一時驚散。

郭元振以智慧和膽識割斷了烏將軍的一腕，證實烏將軍是個豬妖，是這篇的小高潮，寫得簡潔有力。又如〈定婚店〉中，韋固不願意自己將來娶陳婆的女兒爲妻，於是命僕人前去行刺：

> 磨一小刀，付其奴曰：「汝素幹事，能爲我殺彼女，賜汝萬錢。」奴
> 曰：「諾。」明日，袖刀入菜肆中，於眾中刺之而走。一市紛擾。奔
> 走獲免。

動作乾脆俐落，也是一個小高潮。〈紅綫〉中「盜合」一節（原文見第三節敍述方式所引）是大高潮，作者卻故意用一種舒緩的筆調將它寫出，造成一種危險與輕鬆合而爲一的氣氛。就事件而言，這是相當危險的任務；就人物來說，紅綫根本是胸有成竹。

〈李娃傳〉的中段高潮也夠特別了：

> 生不知之，遂連聲疾呼「饑凍之甚」，音響悽切，所不忍聽。娃自閣
> 中聞之，謂侍兒曰：「此必生也。我辨其音矣。」連步而出。見生枯
> 瘠疥癘，殆非人狀。娃意感焉，乃謂曰：「豈非某郎也？」生憤懣絕
> 倒，口不能言，領頤而已。娃前抱其頸，以繡襦擁而歸于西廂。失

聲長慟曰：「令子一朝及此，我之罪也！」絕而復蘇。

這一段描寫把滎陽生降到可憐得無以復加的地步，而李娃也因此受到了極大的震撼，終於良心發現，不顧一切去把滎陽生擁抱回家，可以說是達到戲劇張力的頂點了。後來滎陽生父子和好如初雖然也是高潮，但筆者以為其感人的力量是不能和此段相比的。

尾部的高潮要以〈霍小玉傳〉最淒惻感人：

> 粧梳纔畢，而生果至。玉沈綿日久，轉側須人。忽聞生來，歘然自
> 起，更衣而出，恍若有神。遂與生相見，含怒凝視，不復有言。羸
> 質嬌姿，如不勝致，時復掩袂，返顧李生。感物傷人，坐皆欷歔。……
> 因遂陳設，相就而坐。玉乃側身轉面，斜視生良久，遂舉杯酒，酹
> 地曰：「我為女子，薄命如斯。君是丈夫，負心若此。韶顏稚齒，飲
> 恨而終。慈母在堂，不能供養。綺羅絃管，從此永休。微痛黃泉，
> 皆君所致。李君李君，今當永訣！我死之後，必為厲鬼，使君妻妾，
> 終日不安！」乃引左手握生臂，擲盃於地，長慟號哭數聲而絕。

小玉總算把負心人罵了個痛快！她對李益的癡情已經轉為憤恨，她多麼不甘，因為她的美豔、才華和她最寶貴的生命，全都斷送在李益身上了。這段文字對小玉的一舉一動都寫得那麼細膩，實在太精采了！

同樣以「死」為結束的高潮，〈步飛煙〉又另一樣：

> 乃入室，呼煙詰之。煙色動聲戰，而不以實告。公業愈怒，縛之大
> 柱，鞭楚血流。但云：「生得相親，死亦何恨。」深夜，公業怠而假
> 寐。煙呼所愛女僕曰：「與我一盃水。」水至，飲盡而絕。

步飛煙是甘心而死，因為臨終前她說「生得相親，死亦何恨」，寥寥數語卻有如壓下千鈞之力。飛煙雖然死了，但她那堅毅勇敢的聲音，彷彿仍嬝嬝縈繞在你我的耳際。

〈孫恪〉是以驚奇為高潮，但這種驚奇只是小說中人物的驚奇而已，讀者早就從前面的伏筆臆測到結局大致如何了，不過這種規規矩矩的寫法仍是一項成就，試看：

> 及齋罷，有野猿數十，連臂下于高松，而食于生臺上；後悲嘯撋蘿
> 而躍，袁氏惻然。俄命筆題僧壁曰：「剛被恩情役此心，無端變化幾
> 湮沈。不如逐伴歸山去，長嘯一聲烟霧深。」乃擲筆于地，撫二子
> 咽泣數聲，語恪曰：「好住！好住！吾當永訣矣。」遂裂衣化為老猿，

> 追嘯者躍樹而去。將抵深山，而復返視。恪乃驚懼，若魂飛神喪，
> 良久撫二子一慟。

娓娓道來是那麼地自然，同時也把「親情」和「本性」的衝突表現出來了。

〈購蘭亭序〉中的「盜帖」寫得極其輕鬆，反而是蕭翼現出真實身分和
辨才見面的時刻，才稱得上是「戲劇性爆炸」：

> 善行走使人召辨才。辨才仍在嚴遷家未還寺，遽見追呼，不知所以。
> 又遣云：「侍御須見。」及師來見御史，乃是房中蕭生也。蕭翼報云：
> 「奉敕遣來取〈蘭亭〉。〈蘭亭〉今已得矣，故喚師來別。」辨才聞
> 語而便絕倒，良久始蘇。

至於〈杜子春〉的高潮，真可用「千呼萬喚始出來」加以形容。杜子春
在看守藥爐時歷經的各種幻象，似乎全是為了襯托最後他那一聲生於愛心的
「噫」：

> 子春愛生于心，忽忘其約，不覺失聲云：「噫。」噫聲未息，身坐故
> 處。道士者亦在其前。初五更矣。見其紫焰穿屋上，大火起四合，
> 屋室俱焚。

只此一聲，隔絕了兩個世界，前功盡棄，一切又得重新來過。像這樣氣勢磅
礴的高潮，實在不容易再多找出幾篇來。

戲劇性和高潮是好小說不可或缺的部分，它們如何出現，出現得合不合
理（在情理之內、意料之外，或在意料之內、情理之外），就端看寫作者的技
巧是否高明了。

唐傳奇在這方面表現得相當不錯，如〈鶯鶯傳〉、〈李娃傳〉等許多作品
都有極動人的戲劇性事件，可以滿足讀者娛樂或刺激的心理。另外少數幾篇
如〈馮燕傳〉、〈杜子春〉則利用人性衝突，造成戲劇性情勢，更顯現了篇中
人物性格的特殊。而高潮的安排，唐傳奇亦不僅限於結尾的高潮，許多篇已
有高潮迭起的態勢，不少小高潮也能造成強烈的震撼效果，足見唐傳奇作者
寫作的功力。

第二章　唐傳奇人物刻畫的技巧

許多人都以為，讀小說最大的收穫是能認識一些個性突出的人物。以中國古典小說來說，《紅樓夢》中的賈寶玉、林黛玉、《水滸傳》中的武松、李逵，都被成功地塑造成讀者心目中不朽的人物。唐傳奇作品中，也有不少栩栩如生、令人難以忘懷的角色，如哀怨動人的崔鶯鶯、單純癡心的霍小玉、世故沈著的李娃、神祕莫測的虬髯客、浪蕩不羈的杜子春、虛偽薄倖的李益等等。唐傳奇的作者是如何賦予他們鮮活的生命呢？

我們不妨先從他們在傳奇中的出場談起。

第一節　人物的出場

唐傳奇多半一開始即說明主要人物的姓名、籍貫和身分等，這顯然是沿襲史傳和魏晉志怪的寫法，如：

> 任氏，女妖也。有韋使君者，名崟，第九，信安王禕之外孫。少落拓，好飲酒。其從父妹婿曰鄭六，不記其名。（〈任氏傳〉）

> 小娥，姓謝氏，豫章人，估客女也。（〈謝小娥傳〉）

> 大曆中，隴西李生名益，年二十，以進士擢第。（〈霍小玉傳〉）

> 貞元中，有張生者，性溫茂，美風容，內秉堅孤，非禮不可入。（〈鶯鶯傳〉）

> 唐王仙客者，建中中朝臣劉震之甥也。（〈無雙傳〉）

此種寫法雖一目瞭然，但以小說技巧的觀點來看，卻是十分單調拙劣的。幸

而並非所有的唐傳奇都是如此,我們仍然可以找到一些相當自然或用心設計的例子。

如〈補江總白猿傳〉中,白猿的出場約在全篇二分之一處,略嫌慢了些,但故事一開始歐陽紇的部下就警告過他:

> 將軍何為挈麗人經此?地有神(此據汪本,《廣記》神作人),善竊
> 少女,而美者尤所難免。宜謹護之。

後來歐陽紇在山中尋找妻子,遇到一些婦人告訴他:

> 我等與公之妻,比來久者十年。此神物所居,力能殺人,雖百夫操
> 兵,不能制也。幸其未返,宜速避之。……

已經先給讀者留下一個神祕的印象,這隻白猿愛好美色,又孔武有力、殺人不眨眼,實在可怕極了!可是等歐陽紇照著婦人的指示,準備了誘殺白猿的器物,屏氣以待時,看到的卻是:

> 日晡,有物如匹練,自他山下,透至若飛,徑入洞中。少選,有美
> 髯丈夫長六尺餘,白衣曳杖,擁諸婦人而出。

作者極力描繪白猿的「白」和「速度」,卻又讓他以「美髯丈夫」的造型出場,使人在驚愕之餘,不得不打心底佩服。

〈柳毅〉中龍女和錢塘君的出場也各有特色。龍女的出場在一開篇柳毅往涇陽的途中:

> 至六七里,鳥起馬驚,疾逸道左。又六七里,乃止。見有婦人,牧
> 羊於道畔。毅怪視之,乃殊色也。然而蛾臉不舒,巾袖無光,凝聽
> 翔立,若有所伺。

「鳥起馬驚」是龍女即將出現的先兆,而作者李朝威又透過柳毅的眼睛來描述龍女,由婦人而殊色而蛾臉不舒……,不但柳毅要「怪視」,讀者也十分好奇。

至於錢塘君,出場之前洞庭君也已透露了先聲:

> 須臾,宮中皆慟哭。君驚,謂左右曰:「疾告宮中,無使有聲。恐錢
> 塘所知。」

柳毅問其中緣故,洞庭君回答:

> 以其勇過人耳。昔堯遭洪水九年者,乃此子一怒也。近與天將失意,
> 塞其五山。上帝以寡人有薄德於古今,遂寬其同氣之罪。然猶縻繫
> 於此,故錢塘之人,日日候焉。

話還沒說完，錢塘君就以排山倒海般的赤龍造型出現。把柳毅嚇得仆倒在地。（原文見下節「動作和對話」）這種出場的安排，可說是順理成章又不落俗套。

〈霍小玉傳〉和〈鶯鶯傳〉的男主角，出場都很呆板，但女主角則不然。霍小玉是先透過鮑十一娘的介紹，所謂：

> 有一仙人，謫在下界，不邀財貨，但慕風流。
>
> 故霍王小女，字小玉，王甚愛之。……易姓爲鄭氏，人亦不知其王女。姿質穠艷，一生未見，高情逸態，事事過人，音樂詩書，無不通解。

然後才在李益去訪時，現出廬山眞面。但作者蔣防並未細繪小玉的眉眼，只說：

> 但覺一室之中，若瓊林玉樹，互相照曜，轉盼精彩射人。

寥寥數語，卻已把小玉的風華表露無遺，同時印證了鮑十一娘所說，毫不辭費。

崔鶯鶯則眞是三催四請才出來的。起先鄭氏命女兒鶯鶯出拜張生，等了很久，鶯鶯辭疾；等鄭氏生氣罵人，又過了好一陣子，鶯鶯才露面：

> 常服睟容，不加新飾，垂鬟接黛，雙臉銷紅而已。顏色艷異，光輝動人。

鶯鶯只是薄施脂粉，〔註1〕並未刻意打扮，就已經讓張生驚爲天人了。

再看〈崑崙奴〉篇中，崔生自從見了紅綃妓，「神迷意奪，語減容沮，悒然凝思，日不暇食」，這時讓崑崙奴磨勒出現，正是「柳暗花明又一村」的手法，否則崔生和紅綃妓的一段情就無法展開了。〈蘇無名〉（《廣記》卷一七一）這篇推理小說〔註2〕與〈崑崙奴〉類似，也是先寫事件的發生，有關人物都上場了，最後才讓主角蘇無名出來。

還有一些作品，由於它最前面的幾句話像是題解或注文，使人懷疑作者是不是原本就這樣寫的？像〈李娃傳〉開頭的三十一個字，很可能根本就不是原文。〔註3〕而〈任氏傳〉一開始說：「任氏，女妖也。」也是毫無必要的。

〔註1〕 王夢鷗，〈鶯鶯傳・校釋（二三）〉（《唐人小說校釋》上冊，頁90～91）云：「此處所言『常服睟容』『雙臉銷紅而已』，皆謂薄施脂粉也。」

〔註2〕 王夢鷗，〈「崔碣」敍錄〉（《唐人小說校釋》下冊，頁60）云：「牛肅《紀聞》之〈蘇無名〉一篇，則又爲公案中推理小說之一例。」

〔註3〕 此三十一字與〈李娃傳〉末「嗟乎，倡蕩之姬，……太原白行簡云。」重複，故張政烺、王夢鷗均疑其非白行簡原文，詳見第一章第二節及該章註14。

如果除去這五個字，任氏的出場就自然多了。﹝註4﹞總之，眞正能把人物出場寫得和曹雪芹筆下的鳳姐﹝註5﹞媲美的唐傳奇，還是非常之少，前面所舉的崔鶯鶯可以算是難得能「一出場就表現個性」的例子之一。

從上面的例子，我們可以看出大部分早期的唐傳奇因爲不知如何安排人物出場，所以只得開門見山地把主要人物簡介一番，﹝註6﹞但這種方式通常只限一個角色（〈任氏傳〉例外），至於另一主角或其他次要角色，多半是在適當的時機讓他們出場。演變到後來，就形成像〈虬髯客傳〉那種合乎寫作技巧的人物出場法。

〈虬髯客傳〉的主要人物自非虬髯客莫屬，李靖、紅拂次之，楊素又次之；但出場順序恰恰相反，是由楊素開始，引出李靖和紅拂：

> 一日，衛公李靖以布衣上謁，獻奇策。素亦踞見。公前揖曰：「天下方亂，英雄競起。公爲帝室重臣，須以收羅豪傑爲心，不宜踞見賓客。」

> 當公之騁辯也，一妓有殊色，執紅拂，立於前，獨目靖。

楊素是個引子，所以作者只用敘述的方式說明他的驕貴，而李靖和紅拂則讓他們一出場就展示自己。從李靖對楊素講的幾句話裏，讀者就可以看出他的氣概不凡。至於紅拂，雖只輕描淡寫她有殊色、執紅拂，但「獨目靖」這三個字卻透露紅拂的與眾不同，她能慧眼識英雄。

虬髯客的出場緊接在紅拂私奔成功之後，

> 忽有一人，中形，赤髯而虬，乘蹇驢而來。投革囊於爐前，取枕欹臥，看張氏梳頭。

特殊的造型和配件，加上出人意表的動作，一方面表現了虬髯客的豪邁不羈，另一方面又造成李靖怒甚的緊張局勢，使讀者不禁要捏一把冷汗。

在同一篇內對三個主要人物能如此巧妙地安排，而且一個出來就壓過前面一個，實在相當難得，所以筆者以爲這是合乎寫作技巧的人物出場法。

﹝註4﹞ 葉師慶炳認爲這五個字有如千鈞之重，是明顯的敗筆，所以〈任氏傳〉不能選入六大傳奇中。

﹝註5﹞ 鳳姐的出場見《紅樓夢》第三回。白先勇云：「我覺得寫得好的出場，一出場就了解到他的個性，像鳳姐出場，多了不起，曹雪芹眞了不得。」（見胡菊人著，《小說技巧》，臺北：遠景出版公司，頁182）

﹝註6﹞ 當然有例外，像〈補江總白猿傳〉和〈遊仙窟〉雖是早期作品，人物出場卻非常自然，不落史傳體的窠臼。

白先勇在與胡菊人討論小說藝術時，也曾提到人物出場：

> 這也是要緊的一點。等於京戲，人物出場，一出來形象就馬上顯出
> 來。第一次出場非常要緊的。有些人物出來屬於 high key（高調），
> 有些屬於 low key（低調），有些人出場是不著痕跡的，因為在那一
> 場他不是主要人物，不讓他表現，衣著的描寫或是動作，都很低調
> 的，有些一出來，焦點就落在他身上。〔註7〕

可見小說人物（尤其是主要人物）的出場有必要多費心思。唐傳奇在這方面
的表現有優有劣，但確實是朝著愈來愈好的趨勢走，也算差強人意了。

刻畫人物的技巧，出場只是一端，還必須配合動作、對話、心理描寫及
對比手法等各方面去觀察。以下第二節先討論對話和動作，第三、四節分別
論述心理描寫和對比手法，最後並摘取十四個人物加以分析做為附錄。

第二節　動作和對話

舞臺上的人物靠動作和對白來表現故事，小說中的人物也需要動作和對
話使角色生動起來。設計高明的動作和對話可以凸顯人物的個性、推進故事
的情節，甚至凝聚一種氣氛，釀成特殊的效果。

不少唐傳奇中的人物都栩栩如生，這和動作、對話的表現技巧有密切關
係。主角固不必說，當然是作者要盡力描寫的；至於配角或襯角，因為篇幅
短不能浪費筆墨，所以用一兩個動作或少許對話勾勒一番是最經濟有效的手
段。如〈任氏傳〉中的韋崟，他的個性比另一位男主角鄭六要突出得多，這
就是因為作者沈既濟利用了三次動作和對話（他派家僮跟隨探看、他企圖強
暴任氏以迄放棄），把他的「精明、好色、義烈」全表現出來了。

又如〈離魂記〉（《廣記》卷三五八，題曰〈王宙〉）中倩女給人印象深刻
就在於她能「徒行跣足」追上表兄王宙，而此篇離奇的地方是二女竟能「合
為一體，其衣裳皆重」，這也是借助動作描寫才達成的。〈柳氏傳〉中最動人
的描寫是柳氏被蕃將沙吒利劫去後，和韓翊約在道政里門見面：

> 及期而往，以輕素結玉合，實以香膏，自車中授之，曰：「當遂永訣，
> 願寘誠念。」乃回車，以手揮之，輕袖搖搖，香車轔轔，目斷意迷，
> 失於驚塵。翊大不勝情。

〔註7〕 胡菊人著，《小說技巧》，頁 181～182。

這種低徊哀怨的氣氛，豈止是韓翊一人「大不勝情」而已！

下面試將唐傳奇佳篇中「動作」與「對話」精采的部分加以論述，前一部分以動作爲主，後一部分以對話爲主。

一、動作

表現人物個性是「動作」最主要的功用，譬如〈柳毅〉篇中錢塘君的出現：

> 語未畢，而大聲忽發，天拆地裂，宮殿擺簸，雲烟沸湧。俄有赤龍長千餘尺，電目血舌，朱鱗火鬣，項摯金鎖，鎖牽玉柱，千雷萬霆，激繞其身，霰雪雨雹，一時皆下。乃擘青天而飛去。毅恐蹶仆地。

聲勢浩大無與倫比，錢塘君的個性也就不言可喻了。又如〈謝小娥傳〉中小娥的報仇行動：

> 是夕，蘭與春會，羣賊畢至，酣飲。暨諸兇既去，春沈醉，臥於内室；蘭亦露寢于庭。小娥潛鏁春於内，抽佩刀先斷蘭首，呼號鄰人並至，春擒於内，蘭死於外，獲贓收貨，數至千萬。初，蘭、春有黨數十，暗記其名，悉擒就戮。

可以看出小娥是智勇雙全的女子，步步爲營，終於一舉成功。而〈鶯鶯傳〉中的紅娘則出現另一種風貌：

> 崔之婢曰紅娘，生私爲之禮者數四，乘間遂道其衷。婢果驚沮，腆然而奔。

紅娘那種大吃一驚、掉頭就跑的動作眞是傳神！

〈劉氏子妻〉中的劉氏子是一個任俠有膽氣的人，所以當大家喝得醺醺然，有人問誰能把東西送到壞冢棺上時，他就自告奮勇地去了。他這個動作不僅充分表現他的性格，並且還展開了後來的情節。另一篇〈成弼〉（《廣記》卷四〇〇），主角成弼的個性作者並沒有特別刻畫，但我們看他要脅道者那種狠酷就可以知道了。道者原先送他十粒丹（可化銅爲金），他用完了又去向道者要，道者不給，

> 弼乃持白刃劫之。既不得丹，則斷道者兩手；又不得，則刖其足。道者顏色不變。弼滋怒，則斬其頭。及解衣，肘後有赤囊，開之則丹也。弼喜。

成弼和道者在山上相處了十幾年，居然能下得了這樣的毒手，眞是太狠了。

〈無雙傳〉裏有一段寫古押衙聽完王仙客的困難後：

> 古生仰天，以手拍腦數四，曰：「此事大不易，然與郎君試求，不可
> 朝夕便望。」

古押衙這個擡頭看天，又用手一直拍打腦袋的動作非常傳神，可以看出這眞
是給他出了一道大難題。另一個有趣的例子是〈懶殘〉（《廣記》卷九六）這
篇，李泌半夜往謁懶殘，望席門通名而拜，結果：

> 懶殘大詬，仰空而唾曰：「是將賊我。」李公加敬謹，惟拜而已。懶
> 殘正撥牛糞火，出芋啗之，良久乃曰：「可以席地。」取所啗芋之半，
> 以授焉。李公捧承，盡食而謝。謂李公曰：「愼勿多言，領取十年宰
> 相。」公又拜而退。

可以看出懶殘原來是懶洋洋的，他有點恨李泌來找他麻煩，所以對李泌很不
客氣。但當他發現李泌是眞心誠意來求教，而且還不在乎地吃下那半個芋（懶
殘對李泌的考驗），他終於改變態度接納李泌了。

　　〈崔煒〉（《廣記》卷三四）這篇一開始就說崔煒不事家產、尚豪俠，不
數年就把家業殫盡。到底崔煒尚豪俠到何種程度，竟把家業敗光？作者裴鉶
只舉了一個小例子，這同時也是崔煒一連串奇遇的開始：

> 時中元日，番禺人多陳設珍異於佛廟，集百戲于開元寺。煒因窺之，
> 見乞食老嫗，因蹶而覆人之酒甕，當壚者毆之。計其直，僅一緡耳。
> 煒憐之，脫衣爲償其所直。

崔煒當時已身無分文，但豪俠的個性使他不忍見老嫗被人毆打，所以甘願脫
衣爲老嫗抵償。

　　〈京都儒士〉（《廣記》卷五〇〇）透過動作來諷刺這位儒士的膽怯，寫得
細膩而生動：

> 了不敢睡，唯滅燈抱劍而坐，驚怖不已。至三更，有月上，斜照窗
> 隙，見衣架頭有物如鳥鼓翼，翩翩而動。比人凜然強起，把劍一揮，
> 應手落壁，磕然有聲。後寂無音響，恐懼旣甚，亦不敢尋究，但把
> 劍坐。及五更，忽有一物，上階推門；門不開，於狗竇中出頭，氣
> 休休然。此人大怕，把劍前斫，不覺自倒，劍失手拋落。又不敢覓
> 劍，恐此物入來，牀下跧伏，更不敢動。……

　　〈定婚店〉中主角韋固的急躁個性也是從動作表現出來，如有人替他作
媒，他天不亮就跑了去。（固以求之意切，旦往焉，斜月尚明。）當月下老人

告訴他，他未來的妻子是賣菜陳婆的女兒，他就急著要去見一見。等他看了那女孩，對她的相貌不滿意，居然立刻問老人：「殺之可乎？」老人告訴他不能殺，但他這個急性子那裏忍得住，一回家就磨刀子，叫僕人去殺那女孩。

又如〈李使君〉（《廣記》卷二三七）諷刺富家子弟對食物的講究，非常傳神。李使君邀請他們到家中進餐：

> 弟兄列坐，矜持儼若冰玉。饘羞每至，曾不入口，主人揖之再三，唯沾果實而已。及至冰餐，俱置一匙於口，各相晒良久，咸若囓藥吞針。

弄得李使君莫名其妙，只好一再道歉。

推進情節是動作的另一主要作用，唐傳奇在這方面也運用得頗為成功。以女子表示愛意為例：

> 當公之騁辯也，一妓有殊色，執紅拂，立於前，獨目靖。靖既去，而執拂者臨軒指吏問曰：「去者處士第幾？住何處？」吏具以對，妓誦而去。（〈虬髯客傳〉）

> 命紅綃送出院，時生回顧，妓立三指，又反三掌者，然後指胸前小鏡子，云：「記取。」餘更無言。（〈崑崙奴〉）

> 貴主遂抽翠玉雙鴛篦而遺無頗，目成者久之。（〈張無頗〉，見《廣記》卷三一〇）

這三段文字中的紅拂妓、紅綃和貴主，雖然身分和個性有所差異，但所使用的方式則不外眉目傳情等動作，這些動作對後來的情節都有很大的影響，紅拂妓當夜就私奔李靖；紅綃則是定下十五日之約；貴主比較含蓄，一個多月後才送了兩首詩給張無頗。

同樣是以人化為虎再恢復人形為題材，〈張逢〉（《廣記》卷四二九）是說：

> 南陽張逢，貞元末，［註8］薄遊嶺表，行次福州福唐縣橫山店。時初霽，日將暮，山色鮮媚，煙嵐藹然。策杖尋勝，不覺極遠。忽有一段細草，縱廣百餘步，碧藹可愛。其旁有一小樹，遂脫衣挂樹，以杖倚之，投身草上，左右翻轉。既而酣睡，若歇蹶然，意足而起，其身已成虎也，文彩爛然。……

［註8］ 汪本作「元和末」，誤。因篇末言「元和六年，……逢言橫山之事。末坐有進士鄭遐者，乃鄭糺之子也。……」元和共計十五年（西元806～820），元和末之事，豈能於元和六年言之？

〈南陽士人〉（《廣記》卷四三二）是：

> 近世有一人，寓居南陽山，……隔門有一人云：「君合成虎，今有文
> 牒。」……忽憶出門散適。遂策杖閒步，諸子無從者。行一里餘，
> 山下有澗，沿澗徐步，忽於水中自見其頭，已變爲虎，又覩手足皆
> 虎矣，而甚分明。

兩篇寫人化爲老虎都是透過動作，張逢的變化是突如其來的，他在橫山散步，
風景很美，一時興起，就「投身草上，左右翻轉」，沒想到等他玩夠了，一起
身竟變成了老虎。這樣的蛻變很活潑很奇妙，樂師蘅軍說這是「非常驚人的
『動作』（事件）」。〔註9〕的確，這個驚人動作之後，又伴隨而來的是「食人」
的情節，故事的發展愈來愈離奇。至於南陽士人，他變成老虎是先有徵兆的，
因爲前一晚他在家裏曾接受了一件文牒，上面明說「君合成虎」，他的家人也
知道這件事。不過他變成老虎的過程也非常有趣，他出門散步，忽然從澗水
中發現自己變成虎頭，再看的時候連手腳也變了。讓當事人看見自己變成老
虎模樣的設計，是這篇突出的創意，後來發生的情節也比〈張逢〉更複雜多
變。

在第一章第五節「懸疑和伏筆」部分介紹過的〈李生〉、〈劉貫詞〉，是利
用動作表現懸疑：

> ……於是召李生入，趨拜。士眞目之，色甚怒，旣而命坐。貌益恭，
> 士眞愈不悦，瞪顧攘腕，無向時之歡矣。太守懼，莫知所謂，顧視
> 生，靦然而汗，不能持盃。一坐皆愕。（〈李生〉）

> 方對食，太夫人忽眼赤，直視貫詞。……又進食，未幾，太夫人復
> 瞪視眼赤，口兩角涎下，女急掩其口……。（〈劉貫詞〉）

二者都著重臉部表情，尤其是「眼睛」的變化，的確把那種緊張和懸疑的氣
氛表現出來了。

要把動作本身寫得精采動人也不容易。如〈東城老父傳〉裏寫賈昌的鬥
雞特技：

> 昌冠鶡翠金華冠，錦袖繡襦袴，執鐸拂，導羣雞，敘立於廣場，顧
> 眄如神，指揮風生。樹毛振翼，礪吻磨距，抑怒待勝，進退有期，
> 隨鞭指低昂，不失昌度。勝負旣決，強者前，弱者後，隨昌鴈行，

〔註9〕詳見樂師蘅軍，〈唐傳奇的意志世界〉（收入《臺靜農先生八十壽慶論文集》，
臺北：聯經出版公司），頁855。

歸於雞坊。角觗萬夫，跳劍尋橦，蹴毬踏繩，舞於竿顛者，索氣沮
色，逡巡不敢入。豈教猱擾龍之徒歟？

賈昌馴雞簡直和訓練軍隊一般，不得不令人訝歎！

〈柳氏傳〉和〈崑崙奴〉各有一段緊湊驚險的動作描寫：

（許）俊曰：「請足下數字，當立致之。」乃衣縵胡，佩髮鞬，從一
騎，徑造沙吒利之第。候其出行里餘，乃被裋執轡，犯關排闈，急
趨而呼曰：「將軍中惡，使召夫人。」僕侍辟易，無敢仰視。遂升堂，
出翊札示柳氏，挾之跨鞍馬，逸塵斷鞅，倏忽乃至。引裾而前曰：「幸
不辱命。」四座驚歎。（〈柳氏傳〉）

（一品）命甲士五十人，嚴持兵仗，圍崔生院，使擒磨勒。磨勒遂
持匕首飛出高垣，瞥若翅翎，疾同鷹隼，攢矢如雨，莫能中之。項
刻之間，不知所向。然崔家大驚愕。（〈崑崙奴〉）

前者是許俊英雄救美，後者是磨勒衝出重圍，都寫得緊張萬分，使人如親眼
目睹。

二、對話

　　唐傳奇的對話雖然多半是文言（〈遊仙窟〉、〈上清傳〉等少數幾篇也有口
語化的對話），但在顯現人物的個性方面，也還有不少成功的例子。如〈李娃
傳〉中的榮陽公：

其父（榮陽公）愛而器之，曰：「此吾家千里駒也。」……謂之曰：
「吾觀爾之才，當一戰而霸。今備二載之用，且豐爾之給，將爲其
志也。」

父責曰：「志行若此，污辱吾門；何施面目，復相見也。」

父不敢認，……撫背慟哭移時，曰：「吾與爾父子如初。」

從這三段話，可以看出榮陽公是一位愛深責切的父親，他的門第觀念非常重，
甚至到了可以犧牲兒子性命的地步。在他心目中，權勢高於父愛，顏面勝過
親情，眞是一個不折不扣的勢利中人。

　　再看同篇李娃決定收容淪爲乞丐的榮陽生時，所說的一番言辭：

娃斂容卻睇曰：「不然。此良家子也。當昔驅高車，持金裝，至某之
室，不踰期而蕩盡。且互設詭計，捨而逐之，殆非人行。令其失志，
不得齒于人倫。父子之道，天性也。使其情絕，殺而棄之。又困躓

若此。天下之人盡知爲某也。生親戚滿朝，一旦當權者熟察其本末，禍將及矣。況欺天負人，鬼神不祐，無自貽其殃也。某爲姥子，迨今有二十歲矣。計其貲，不啻直千金。今姥年六十餘，願計二十年衣食之用以贖身，當與此子別卜所詣。所詣非遙，晨昏得以溫凊。某願足矣。」

李娃已非原來不知世事的小姑娘，她變得成熟理智，對姥不再言聽計從。她已經跳出過去迎笑的生涯，準備和滎陽生一起重生。

〈霍小玉傳〉中的襯角鮑十一娘，本是薛駙馬家的青衣，折券從良改當媒婆，她到李益家中推介霍小玉時，

鮑笑曰：「蘇姑子作好夢也未？有一仙人，謫在下界，不邀財貨，但慕風流。如此色目，共十郎相當矣。」

一副輕佻諂媚的情態，的確是符合她「性便辟，巧言語」的個性。另外霍小玉的母親把李益「開門復動竹，疑是故人來」〔註 10〕二句詩讀成「開簾風動竹，疑是故人來」，也非常切合她的身分和教育程度，刻畫出她對詩一知半解、隨口吟誦的情形。

李益的虛僞、好色也可以從對話中得到證明，如他聽到鮑十一娘爲他介紹條件極好的霍小玉時，

生聞之驚躍，神飛體輕，引鮑手且拜且謝曰：「一生作奴，死亦不憚。」

他對霍小玉的母親淨持說：

鄙拙庸愚，不意顧盼，倘垂採錄，生死爲榮。

他和小玉見面後，說：

小娘子愛才，鄙夫重色，兩好相映，才貌相兼。

李益的反應和口才都屬一流。定情之夕，小玉悲從中來，李益又安慰她：

平生志願，今日獲從，粉身碎骨，誓不相捨。夫人何發此言！請以素縑，著之盟約。

李益將赴鄭縣就任，小玉提出八年歡愛的要求，李益說：

皎日之誓，死生以之。與卿偕老，猶恐未愜素志，豈敢輒有二三。固請不疑，但端居相待。至八月，必當卻到華州，尋使奉迎。相見

〔註10〕李益〈竹窗聞風寄苗發司空曙〉詩：「微風驚暮坐，臨牖思悠哉。開門復動竹，疑是故人來。時滴枝上露，稍沾階下苔，何當一入幌，爲拂綠琴埃。」（見《文苑英華》卷一五六，《唐文粹》卷一七下，《全唐詩》卷二八三）

非遠。

動輒以「死」字出口，可見他根本沒有誠意，只是用這種方式贏得小玉的信任而已。

霍小玉的悲劇性格也可以從對話中看出，如她在「極歡之際」卻「不覺悲至」的那一段話，她對李益提出八年歡愛的那一段話，以及明知李益負心，卻說「天下豈有是事乎！」最明顯的是她夢見黃衫丈夫抱李益來，叫她脫鞋，她驚醒後做了這樣的解釋：

> 鞋者，諧也。夫婦再合。脫者，解也。既合而解，亦當永訣。由此徵之，必遂相見，相見之後，當死矣。

如此冷靜地分析夢境，並且坦然地告訴母親，可見她早已預知自己將悲劇地死去。

〈任氏傳〉中任氏的個性可由她在西市躲避鄭子的反應看出：

> 任氏側身周旋於稠人中以避焉。鄭子連呼前迫，方背立，以扇障其後，曰：「公知之，何相近焉？」鄭子曰：「雖知之，何患？」對曰：「事可愧恥，難施面目。」鄭子曰：「勤想如是，忍相棄乎？」對曰：「安敢棄也，懼公之見惡耳。」……謂鄭子曰：「人間如某之比者非一，公自不識耳，無獨怪也。」鄭子請之與敍歡。對曰：「凡某之流，為人惡忌者，非他，為其傷人耳。某則不然，若公未見惡，願終己以奉巾櫛。」

任氏恥為異類的心情表露無遺，但她也表明自己絕無傷人之心，「終己以奉巾櫛」則在篇中完全應驗。任氏拒絕韋崟強暴的那一段說辭：

> 鄭生有六尺之軀，而不能庇一婦人，豈丈夫哉！且公少豪侈，多獲佳麗，遇某之比者眾矣。而鄭生，窮賤耳。所稱愜者，唯某而已。忍以有餘之心，而奪人之不足乎？哀其窮餒，不能自立，衣公之衣，食公之食，故為公所繫耳。若糠糗可給，不當至是。

擲地可做金石聲！難怪韋崟「聞其言，遽置之。」

〈柳氏傳〉中柳氏見到韓翊，對侍者說：「韓夫子豈長貧賤者乎！」〈虬髯客傳〉中紅拂夜奔李靖，理由是：

> 妾侍楊司空久，閱天下之人多矣，無如公者。絲蘿非獨生，願託喬木，故來奔耳。

二人都是慧眼識英雄。〈郭元振〉中的女子耳聞目睹郭公的見義勇為，於是辭

別父母親族說：

> 多幸爲人，託質血屬，閨闈未出，固無可殺之罪。今日貪錢五百萬，
> 以嫁妖獸，忍鎖而去。豈人所宜？若非郭公之仁勇，寧有今日？是
> 妾死于父母，而生于郭公也，請從郭公。不復以舊鄉爲念矣。

這段話是議論，也是譴責，更襯托出這名女子的個性不同凡俗。郭元振的個性由對話可以看出，已經在第二節述及。〈柳毅傳〉中的柳毅，個性與郭元振類似，如龍女託他傳書，他說：

> 吾義夫也。聞子之說，氣血俱動，恨無毛羽，不能奮飛。是何可否
> 之謂乎！……

當錢塘君爲龍女向他求婚時，他又義正辭嚴地拒絕。後來他娶張氏、韓氏，皆亡，又再娶盧氏，生了一子，盧氏才說自己就是龍女，問他爲什麼不肯答應叔父提親，柳毅說：

> 似有命者。僕始見君於長涇之隅，枉抑憔悴，誠有不平之志。然自
> 約其心者，達君之冤，餘無及也。以言愼勿相避者，偶然耳，豈思
> （有意）哉。洎錢塘逼迫之際，唯理有不可直，乃激人之怒耳。夫
> 始以義行爲之志，寧有殺其婿而納其妻者邪？一不可也。善素以操
> 眞爲志向，寧有屈於己而伏於心者乎？二不可也。且以率肆胸臆，
> 酬酢紛綸，唯直是圖，不遑避害。然而將別之日，見君有依然之容，
> 心甚恨之。終以人事扼束，無由報謝。……

可以看出柳毅是有正義感、有原則的人，不肯做乘人之危、圖利自己的事。

〈鶯鶯傳〉裏鶯鶯的個性將在附錄中加以討論，至於紅娘的天眞爛漫，則可以從兩次「至矣！至矣！」看出端倪，第一次是張生到西廂赴約，嚇了紅娘一跳，張生告訴她是小姐叫他來的，紅娘進去通報，出來時說的。第二次是張生碰了釘子以後，有一天夜裏，紅娘居然帶著被褥繡枕來找張生時說的。這兩次「至矣！至矣！」可以證明紅娘是個沒有心機的小婢女，只知道聽主人鶯鶯的使喚，另外這兩次「至矣！至矣！」的後果極端相反，也構成相當的趣味。

〈虯髯客傳〉裏的對話也很佳妙，如李靖不畏權勢的個性，可由他向楊素的進言看出：

> 天下方亂，英雄競起。公爲帝室重臣，須以收羅豪傑爲心，不宜踞
> 見賓客。

三俠初會面的對話更是精采：

> 張……急急梳頭畢，斂袂前問其姓。臥客曰：「姓張。」對曰：「妾
> 亦姓張，合是妹。」遽拜之，問第幾。曰：「第三。」問妹第幾。曰：
> 「最長。」遂喜曰：「今日多幸遇一妹。」張氏遽呼曰：「李郎且來
> 拜三兄！」靖驟拜，遂環坐。

由於張氏（紅拂）的機智問答，使原來劍拔弩張的氣氛頓時化爲祥和，這當
中虯髯客迅速應變的能力也顯現出來了。

〈孫恪〉篇中男主角孫恪的個性，也是從幾段對話中可以看出，如他表
哥張閒雲懷疑袁氏是異類時，孫恪竟說：

> 某一生遭迍，久處凍餒，因滋婚娶，頗似蘇息；不能負義，何以爲
> 計？

真是沒出息極了！難怪張閒雲要臭罵他一頓。後來他勉強接納表哥的建議，把
寶劍攜回，卻因面有難色而被袁氏發覺，袁氏罵他忘恩負義，孫恪立即叩頭：

> 受教于表兄，非宿心也，願以飲血爲盟，更不敢有他意。

後來孫恪遇見表哥，又說：

> 無何使我撩虎鬚，幾不脫虎口耳。

孫恪顯然是個性怯懦、沒有主見的人。

〈韋自東〉（《廣記》卷三五六）篇中的韋自東恰好與孫恪相反，他非常
自負而且衝動。當段將軍告訴他太白山上有兩個夜叉的傳說，他就氣沖沖地
說：

> 余操心在平侵暴，夜叉何類而敢噬人？今夕必挈夜叉首至於門下。

然後不顧將軍的阻攔就上山去了。

〈王知古〉這篇寫張直方的跋扈，除了從正面的畋獵描繪以外，還有一
句話用得非常好：

> 尚有尊於我子者乎？

這句話出自張直方的母親之口，張老太太既然膽敢這般大言不慚，她兒子跋
扈囂張的情態也就可見一斑了。

步飛煙的個性則從她臨死前講的那句「生得相親，死亦何恨」可以看出。
當時她已被武公業鞭打得渾身是血，卻仍能說出九死不悔的話，真是夠勇敢
堅強的了。

〈浮梁張令〉（《廣記》卷三五〇）中的張令是個出爾反爾的小人，當他得

知自己已列在死籍上時，立刻向使者哀告：

> 修短有限，敢誰惜死。但某方強仕，不爲死備。家業浩大，未有所
>
> 付，何術得延其期？某囊橐中，計所直不下數十萬，盡可獻於執事。

但他獲得仙官延壽五年的承諾後，估計酬謝金天王的花費要超過兩萬，他又捨不得了，對僕人說：

> 二萬可以贍吾十舍之資糧矣，安可受祉於上帝，而私謁於土偶人乎！

這兩段文字一對照，張令那種狡猾、慳吝的嘴臉，得過且過的心理就非常清楚了。

〈華州參軍〉（《廣記》卷三四二）的女主角崔氏和柳生一見鍾情，當她母親提出她和表兄的婚事時，她說：

> 願嫁得前時柳生足矣。必不允，某與外兄終恐不生全。

無獨有偶，另一篇〈張住住〉裏的張住住也不肯嫁給富家子陳小鳳，她要脅家人指著堦井說：

> 若逼我不已，骨董一聲即了矣。

崔氏和張住住都是癡情女子，她們爲了婚姻自主，不惜以生命要脅家人；不過從兩人的口氣仍可看出，一個是文雅的大家閨秀，一個是粗鄙的市井女娃。

人到了情勢緊急的時候，常常會口不擇言，一些不合身分或不太合宜的話也會衝口而出，〈上清傳〉（《廣記》卷二七五，題曰〈上清〉）裏記德宗知悉陸贄陷害竇參 [註11] 的實情，氣得罵陸贄：

> 老獠奴！我脫卻伊綠衫，便與紫著。又常呼伊作陸九。我任使竇參，
>
> 方稱意，次須教我枉殺卻他。及至權入伊手，其爲軟弱，甚於泥偶。

這和前邊張住住講的話都非常口語化，在以典雅文言著稱的唐傳奇中是相當難得的。而且透過這種傳神的口語，把說話者的個性全表現出來了。

對話也可以推進情節、交代情節，像〈蘇無名〉這篇推理小說，蘇無名

[註11] 汪國垣，《唐人傳奇小說集》（臺北：世界書局，頁175）〈上清傳‧按語〉云：「涑水斥其事，不近人情。陸贄賢相，安肯爲此。其論誠是。惟小說記異，不能責以史實。」又《舊唐書‧卷一三六‧竇參傳》（臺北：鼎文書局，頁3745～3749）云：「參至郴州，汴州節度使劉士寧遺參絹五千匹。湖南觀察使李巽與參有隙，遂具以聞；又中使逢士寧使於路，亦奏其事。德宗大怒，欲殺參。宰相陸贄曰：『竇參與臣無分，因事報怨，人之常情。然臣參宰衡，合存公體，以參罪犯，置之於死，恐用刑太過。』於是且止。」後德宗又遣中使謂贄速進文書處分竇參，陸贄又上奏反對。故陸贄實非陷害竇參者，反曾二度爲其說情。

所講的話都在推進緝捕小偷的情節，如：

> 無名盡召吏卒，約曰：「十人五人爲侶，於東門、北門伺之。見有胡
> 人與黨十餘，皆衣衰経相隨出赴北邙者，可躡之而報。」

這是他的部署工作，後來人贓俱獲，向天后報告，就是交代情節，把因果關係說清楚了。

> 臣非有他計，但識盜耳。當臣到都之日，即此胡出葬之時。臣一見
> 即知是偷，但不知其葬物處。今寒食拜掃，計必出城，尋其所之，
> 足知其墓。賊既設奠而哭不哀，明所葬非「人」也；……。

〈素娥〉（《廣記》卷三六一）篇中素娥和武三思對狄仁傑不來參加盛宴的反應饒有趣味：

> 素娥聞之，謂三思曰：「梁公彊毅之士，非欵狎之人，何必固抑其性。
> 再宴不可無，請不召梁公也。」三思曰：「儻阻我宴，必族其家！」

不但可以看出二人個性南轅北轍，而且還聯貫後來的情節——武三思終於把狄仁傑請來參加宴會，而素娥卻躲起來不敢見梁公。

前邊幾次提到〈李生〉這篇，篇中王士眞無緣無故把深州的錄事參軍李生關進監獄，又下令把他殺掉，這可把深州太守弄胡塗了，爲了解開謎團，太守分別詢問李生和王士眞，李生道出少時曾殺一名少年，其面目與王士眞一模一樣；王士眞則答不出個所以然來。太守綜合二人的回答，總算了解了眞相。

前一章介紹過〈購蘭亭序〉中的蕭翼，他爲了取得〈蘭亭〉，曾對辨才使了一招欲擒故縱法，這一招就是用對話和動作來表現，使辨才疏於防範，最後手到擒來。另一篇記吹笛韻事的〈李謩〉（《廣記》卷二〇四），對話運用之妙可以和〈購蘭亭序〉媲美。李生吹笛，第一首吹畢，大家都贊美不已，「獨孤生乃無一言」，第二首大家「無不賞駭，獨孤生又無言。」連請獨孤生來的人都掛不住臉了，只得向大家道歉：

> 獨孤村落幽處，城郭稀至，音樂之類，率所不通。

大家都誚責獨孤生，「獨孤生不答，但微笑而已。」李生自己也按捺不住，問獨孤生：

> 公如是，是輕薄爲，〔註12〕復是好手？

〔註12〕 明鈔本爲作技，見《太平廣記・卷二〇四》（臺北：文史哲出版社），頁 1553。
張友鶴《唐宋傳奇選》（臺北：明文書局）爲字連下讀，作「公如是，是輕薄，

獨孤生這才慢慢地說：

> 公安知僕不會也？

獨孤生的沈默激怒了所有聆笛的客人，但他金口一開，大家又都懾服了，因為他滔滔不絕地指出李生吹笛的缺點，並且親自示範表演，果然是技高一籌，李生只得甘拜下風。這兩篇對話之妙不在對話的本身，而是在對話之後所造成令人訝異的效果。

〈陳袁生〉（《廣記》卷三○六）這篇幾乎全是由對話組成，所以要了解袁生、赤水神和道成的個性與全篇的情節發展，也都必須由對話著手。如袁生為了要幫赤水神修祠，不惜編了一套說辭欺騙道成師，道成師假裝答應，但他病好了之後，卻召門下弟子說：

> ……夫置神廟者，所以祐兆人，祈福應。今既有害於我，安得不除
> 之乎？

而赤水神被道成師弄得一無子遺之後，居然找袁生報仇：

> 向託君修我祠宇，奈何致道成毀我之舍、棄我之像，使一旦無所歸，
> 君之罪也。今君棄逐窮荒，亦我報仇耳。

袁生心有餘力不足的窘態、道成師得理不饒「神」的氣燄和赤水神欺善怕惡的嘴臉，全可以從對話中找到憑據；而他們三人之間的糾葛，也都是由對話來表達。說這是一篇用對話來設計情節的小說，應該沒有人會反對吧！

動作和對話是刻畫人物最便捷的方式，只要運用得當，就能使讀者如見其形、如聞其聲。從本節所舉的眾多例子中，我們可以看出，唐傳奇在這兩方面表現都很傑出，不但把各種個性的人物都描繪得生動逼真，而且能配合不同的身分和情境，做最適當的表露，所以往往也能達到推進情節或造成特別氣氛、效果的目的。

第三節　心理描寫

唐傳奇的心理描寫是比較弱的一環。事實上，在西元第八、九世紀的時候，根本沒有什麼深度描繪心理的小說；如果能在小說中對主要人物的心理稍加描寫，那就已經非常不容易了。所以此處所謂唐傳奇的心理描寫，多半

為復是好手？」注釋十一云：「為復是：唐人常用語，還是的意思。」見該書頁 199、200。

也是指透過人物的動作來刻畫其心理而言，如〈霍小玉傳〉中鮑十一娘通知李益第二天去見霍小玉，李益那種喜不自勝又有點擔心的情況：

> 鮑既去，生便備行計。遂令家僮秋鴻，於從兄京兆參軍尚公處假青
> 驪駒、黃金勒。其夕，生澣衣沐浴，修飾容儀，喜躍交并，通夕不
> 寐。遲明，巾幘，引鏡自照，惟懼不諧也。徘徊之間，至於亭午。

這一小段文字雖然全都是外在的動作，但我們可以感覺出來李益忙來忙去、動來動去的下面，是一顆跳動快速的心。他借良馬金勒來充門面，怕小玉嫌他寒酸；他洗身打扮，怕小玉嫌他醜陋；「引鏡自照，惟懼不諧」則表示他對自己缺少自信；又因為心情緊張、有所期待的關係，所以才徘徊之間，便耗去了一個上午。等他到了小玉家，也有一小段文字頗足玩賞：

> 庭間有四櫻桃樹，西北懸一鸚鵡籠，見生入來，即語曰：「有人入來，
> 急下簾者！」生本性雅淡，心猶疑懼，忽見鳥語，愕然不敢進。

李益心裏本來就緊張兮兮的，突然聽到有人（其實是鸚鵡）說話，好像不歡迎他似的，難免嚇一跳，腳步也就自動停下了。用這麼一個小穿插就把李益「疑懼」的心理完全表現出來了。

〈鶯鶯傳〉裏最動人的心理描寫是紅娘送鶯鶯去找張生之後：

> 張生拭目危坐久之，猶疑夢寐。然而修謹以俟。俄而紅娘捧崔氏而
> 至。至，則嬌羞融冶，力不能運支體，曩時端莊，不復同矣。是夕，
> 旬有八日也。斜月晶瑩，幽輝半牀。張生飄飄然，且疑神仙之徒，
> 不謂從人間至矣。有頃，寺鐘鳴，天將曉。紅娘促去。崔氏嬌啼宛
> 轉，紅娘又捧之而去，終夕無一言。張生辨色而興，自疑曰：「豈其
> 夢邪？」及明，覩粧在臂，香在衣，淚光熒熒然，猶瑩於茵席而已。

張生因為前幾天剛經歷過一場絕望至極的約會，根本沒有想到好運會立刻到來，所以他的心裏始終不能相信這一切都是真的。從「張生拭目危坐久之，猶疑夢寐」可以看出，他雖然見到紅娘，卻仍然半信半疑；後來紅娘和鶯鶯都走了，天也快亮了，他還懷疑是做夢；直到看清楚鶯鶯留下的粧、香和淚光，他才肯定鶯鶯的確來過。這一段描寫最成功的地方是：它把現實的狀況和張生的心理雜糅在一起敘述，構成一種似幻似真的美感。

〈紅綫〉裏也有一段非常精彩的心理描寫：

> （紅綫）再拜而行，倏忽不見。嵩乃返身閉戶，背燭危坐。常時飲
> 酒，不過數合，是夕舉觴十餘不醉。忽聞曉角吟風，一葉墜露，驚

而起問，即紅綾迴矣。

這是紅綾自告奮勇前往魏郡，薛嵩獨自在房中等待的情景。平常總是面燭而坐，今晚卻「背燭危坐」；平常飲酒數合即醉，這晚卻「舉觴十餘不醉」；所有這些反常的舉動，都顯示薛嵩始終保持高度的警覺，緊張地期待著紅綾的歸來。

具體而詳細的心理描寫可在〈薛偉〉篇中覓得：

> 吾初疾困，爲熱所逼，殆不可堪。忽悶，忘其疾，惡熱求涼，策杖而去。不知其夢也。既出郭，其心欣欣然，若籠禽檻獸之得逸，莫我知（明鈔本作如）也。漸入山。山行益悶，遂下遊於江畔。見江潭深淨，秋色可愛，輕漣不動，鏡涵遠虛。忽有思浴意，遂脫衣於岸，跳身便入。自幼狎水，成人已來，絕不復戲，遇此縱適，實契宿心。且曰：「人浮不如魚快也，安得攝魚而健遊乎？」……俄而饑甚，求食不得。循舟而行，忽見趙幹垂鉤，其餌芳香。心亦知戒，不覺近口。曰：「我人也，暫時爲魚，不能求食，乃吞其鉤乎？」捨之而去。有頃，饑益甚，思曰：「我是官人，戲而魚服，縱吞其鉤，趙幹豈殺我？固當送我歸縣耳。」遂吞之。

薛偉原先是求涼，後來想洗浴，跳到水裏游泳後又覺得變成魚更好，可以看出人的慾望是一步接一步，永遠不能滿足的。變成魚的薛偉飢餓的心理也很有趣，先是警告自己不能吃，再想暫時爲魚總不能低賤到吃魚餌的地步，最後想到自己是官人，又不是真的魚，怕什麼！沒想到魚餌一吞下肚子，自己就被趙幹捉住了。

〈薛偉〉篇中的心理描寫，讓人覺得很真切，這是因爲全是由當事人薛偉自己說出來的緣故。

〈李娃傳〉裏記滎陽生初遇李娃：

> 至鳴珂曲，見一宅，門庭不甚廣，而室宇嚴邃。闔一扉，有娃方憑一雙鬟青衣立，妖姿要妙，絕代未有。生忽見之，不覺停驂久之，徘徊不能去。乃詐墜鞭于地，候其從者，勒取之。累眄於娃，娃回眸凝睇，情甚相慕。竟不敢措辭而去，生自爾意若有失。

可見滎陽生對李娃是一見鍾情的，他先是「停驂久之，徘徊不能去」，再故意把鞭子掉在地上，好多看李娃一會兒。前面曾提到女子向男子表示愛意常借眉目傳情，這裏滎陽生亦是如此。他對李娃動心，卻不敢說出來，只得表現

在他的視線上。這也是很動人的一段心理描寫。

〈長恨傳〉寫明皇思念貴妃：

> 每至春之日，冬之夜，池蓮夏開，宮槐秋落。梨園弟子，玉管發音，
> 聞〈霓裳羽衣〉一聲，則天顏不怡，左右歔欷。三載一意，其念不
> 衰。求之夢魂，杳杳而不能得。

這一段也是不可多得的佳構，「春之日，冬之夜，池蓮夏開，宮槐秋落」其實
就是指一年四季和白天晚上，但把四季拆開再加上夏秋的景致，就顯得具有
修辭的美感；明皇思念貴妃的心情是不分春夏秋冬、不論白天晚上的。而且
只要是和貴妃有點關係的事物──像〈霓裳羽衣曲〉的樂聲一響，明皇就難
過得不得了；這種思念又不是隨著時間可以淡化的，因為三年來明皇一直如
此。這種寫法比明皇對著貴妃的遺像垂淚或夢見貴妃〔註13〕要高雅很多，表
面上的文字很簡潔，但其中的含義卻很深刻。

〈虬髯客傳〉裏的心理描寫也值得一提，像紅拂夜奔李靖後，李靖

> 觀其肌膚、儀狀、言詞、氣性，真天人也。公不自意獲之，愈喜愈
> 懼，瞬息萬慮不安，而窺戶者（足）無停屨（屨）。既數日，亦聞追
> 訪之聲，意亦非峻。

李靖得到紅拂完全是個意外，心裏的高興自不用說；但想到楊素權大勢大，
留下紅拂恐怕會惹來禍端，又不得不害怕起來。所以不停地向門外偷看，看
有沒有人追來。〔註14〕這個不停地向門外偷看的動作真是把李靖不安的心理
寫活了。

前面在人物塑造一節曾介紹過的〈杜子春〉，也有很不錯的心理描寫。特
別是在開頭老人贈金的部分，同樣的事件重複三次，但三次的結果都不一樣，
因為杜子春每次接受贈金的態度和反應都不大相同。第一次杜子春是把老人
當作發牢騷的對象，沒想到老人居然送他三百萬，他以為自己發了橫財，於

〔註13〕元人白樸所撰《梧桐雨》雜劇第四折就有明皇面對貴妃真容（畫像）哭泣及
夢見貴妃等情節。

〔註14〕「而窺戶者無停屨」一句，《廣記》作「而窺戶者足無停屨」，小異。方祖燊
註為：「因為心情不安，故不斷向門外偷看，有無人來追。」（見《國語日報
・副刊・古文今選》第三二四期，1958 年 4 月 16 日）此說較能聯貫上下文，故
筆者採之。另張友鶴註此句為：「『窺戶者』，在窗外偷看的人。『無停屨』，此
去彼來，川流不息的樣子。」（見其《唐宋傳奇選》，頁 128～129）說法雖較
新穎，可強調紅拂之美麗動人，但似與實情不甚符合（當時為夜五更初，何
來川流不息之人潮？），且與上下文不能聯貫，故不採其說。

是盡情揮霍，才一兩年就全部花光了，又變得和從前一樣。老人又再度出現，杜子春很慚愧不敢應聲，老人問他要多少錢，他也不敢開口，結果老人送他一千萬，不到一兩年，他居然變得比以前更窮，又在老地方碰見老人。這次杜子春慚愧得不得了，「掩面而走」，卻被老人拉住，又送他三千萬，杜子春這才眞正受到感動，說：

> 吾落拓邪遊，生涯罄盡，親戚豪族，無相顧者。獨此叟三給我，我何以當之？

又說：

> 吾得此，人間之事可以立，孤孀可以衣食，于名教復圓矣。感叟深惠，立事之後，唯叟所使。

作者李復言這種安排，王拓曾評爲：

> 有了前後這三次心理感情的轉變後，子春最後終於甘於接受一切痛苦的考驗爲老人效命，才顯得合情合理。而這種合情合理的生動的情節發展，就是小說細節處理成功所產生的效果。〔註15〕

〈張老〉（《廣記》卷一六）中的女主角韋女的心路也有脈絡可尋。韋恕答應以五百緡（相當五十萬錢）的代價把女兒嫁給灌園的張老，本來只是一句氣話，沒想到張老立刻如數送到。韋恕大驚，又派人暗察女兒的反應：

> 女亦不恨，乃曰：「此固命乎！」

韋女眞的開始認命，嫁給張老之後，「躬執爨濯，了無怍色」，後來偕夫離開六合縣。數年後，韋恕派兒子義方前去探視，韋女的反應卻很冷淡：

> 略敘寒暄，問尊長而已，意甚鹵莽。

然後就和丈夫、小姑出遊，讓義方在莊內休息。第二天分別的時候，韋女也只是「慇懃傳語父母而已」，凡此都可以看出韋女心中對娘家的怨懟。

　　本篇最重要的人物是張老，對韋女的著墨並不多，但韋女的一舉一動，都可以顯出她的心理狀態，這是相當難得的。

　　和動作、對話等刻畫人物的技巧相比，心理描寫是較爲困難的手法，但也是提高小說內容深度的重要條件。一般唐傳奇因爲情節較簡單，所以也較少用到心理描寫。筆者盡量找了一些透過動作刻畫心理的作品加以討論，發現多半用來表現人物緊張、疑懼、羞漸、怨懟的心境。比較特殊的是〈薛偉〉

〔註15〕王拓，〈唐代神異小說所表現的兩種人生態度　枕中記與杜子春〉（《幼獅月刊》四十卷二期，頁 19）。

這篇，因爲描寫人幻化爲魚，所以有一大段文字涉及薛偉的心理變化，而且是由大病初癒的薛偉自己道出，饒有趣味，效果亦佳。

第四節　對比手法

　　對比是小說中經常使用的手法之一，把它用在刻畫人物上尤其普遍。通常人物的對比可分爲四種：

　　　　（一）正面人物與正面人物的對比。
　　　　（二）正面人物與反面人物的對比。
　　　　（三）反面人物與反面人物的對比。
　　　　（四）人物自身的對比。〔註16〕

除了第三種以外，唐傳奇都可以找到例子。〔註17〕

　　採用第一種方式表現最成功的，要算是〈任氏傳〉了。篇中家僮比較任氏和其他佳麗，只有一句話：「非其倫也。」可見任氏確實豔冠羣芳。（詳見本章附錄）又如〈樊夫人〉（《廣記》卷六〇），故事本身並不算太精采，但寫劉綱和妻子樊夫人「較其術用」倒是頗有趣味。

> 暇日，常與夫人較其術用。俱坐堂上，綱作火燒客碓屋，從東起；夫人禁之即滅。庭中兩株桃，夫妻各呪一株，使相鬥擊。良久，綱所呪者不如，數走出籬外。綱唾盤中，即成鯉魚；夫人唾盤中成獺，食魚。綱與夫人入四明山，路阻虎，綱禁之，虎伏不敢動，適欲往，虎即滅之；夫人徑前，虎即面向地，不敢仰視，夫人以繩繫虎於床腳下。綱每共試術，事事不勝。將昇天，縣廳側先有大皂莢樹，綱
> 昇樹數丈，方能飛舉；夫人平坐，冉冉如雲氣之昇，同昇天而去。

劉綱是「民受其惠」的上虞令，樊夫人也有義勇救人的事蹟，夫妻二人都是正面人物，但他們的道術仍有優劣之分。這篇爲了要強調樊夫人心善道高，故意在一開始來這樣一段對比，把劉綱比下去，使樊夫人更突出。

　　另外〈后土夫人〉（《廣記》卷二九九，題曰〈韋安道〉）也有類似〈任氏傳〉的比較法，不過不是比美貌，而是比法術。在這篇神怪傳奇中，后土夫人的權

〔註16〕此四種分法是採用賈文昭、徐召勛著，《中國古典小說藝術欣賞》（原名《古典小說大觀園》。臺北：里仁書局）的說法，見該書頁91～101。
〔註17〕第三種例子不容易找到的原因是：唐傳奇中的反面人物本來就很少，所以要找反面人物相比的例子就更困難了。

威高高在上、法力無邊無際，完全是靠這種「正襯法」（即正面人物與正面人物之對比）表現出來的。先是天后派出九思、懷素二僧和后土夫人鬥法：

> 新婦承命具饌設位，輒無所懼。明日，二僧至，既畢饌端坐，請與新婦相見，將施其術。新婦遽至，亦致禮於二僧。二僧忽若物擊之，俯伏稱罪，目眥鼻口流血。

這兩位佛僧和還是新婦的后土夫人根本沒有交手就落敗了。後來天后又派道教的明崇儼大夫來，想用太一異術制服后土夫人，結果：

> 至甲夜，〔註18〕見有物如飛雲，赤光若驚電，自崇儼之居飛躍而至；及新婦屋上，忽若爲物所撲滅者，因而不見。使人候新婦，乃平安如故。乙夜，又見物如赤龍之狀，挐攫噴毒，聲如羣鼓，乘黑雲有光者，至新婦屋上，又若爲物所撲，有呦然之聲而滅。使人候新婦，又如故。又至子夜，見有物朱髮鋸牙，盤鐵輪，乘飛雷，輪鋩角，呼奔而至。既及其屋，又如物所殺，稱罪而滅。

明崇儼的太一異術，毫無效用。他又設醮壇致送符籙，徵詢八方大地、山川河瀆、丘墟水土及主管鬼魅之神祇，都在職而無缺，最後只得和后土夫人見面，

> 崇儼至坐，請見新婦。新婦方肅答，將拜崇儼，崇儼又忽若爲物所擊，奄然斥倒，稱罪請命，目眥鼻口，流血於地。

明崇儼也失敗了。后土夫人法力高強是無可置疑了。

　　正面人物與反面人物對比最突出的該是〈霍小玉傳〉中的男女主角——癡情的霍小玉和薄倖的李益。霍小玉與李益歡愛之時就已心生失去李益的恐懼，但都被李益信誓旦旦哄騙過去；等到李益一離開小玉，果然就由母親訂下盧氏，而對小玉採取「寂不知聞，欲斷其望。遙託親故，不遺漏言」的態度；小玉則是「想望不移，賂遺親知，使通消息」，形成強烈的對比。另外李益前後言行不一致，小玉由愛生恨，自身也形成對比。我們可以說〈霍小玉傳〉人物刻畫成功的最大因素就是「對比」。

　　〈苗夫人〉篇中，張延賞和苗夫人對女婿韋皋秀才的態度也是強烈的對比。苗夫人非常賞識韋皋，張延賞卻對他沒有好感，到「不齒禮」的地步，連婢僕也對他輕怠起來。後來傳聞朝廷命韋皋代岳父任西川節度使，夫妻倆想法也大異其趣。

〔註18〕《廣記》曰「甲」原作「申」。甲夜猶言一更，午後八時也。詳見王夢鷗《唐人小說校釋》下冊，頁141。

> 苗夫人曰：「若是韋皋，必韋郎也。」
> 延賞笑曰：「天下同姓名者何限，彼韋生當已委棄溝壑，豈能乘吾位乎？婦女之言，不足云爾。」

事實證明，張延賞鑑察人才的能力的確不如妻子。

〈張佳佳〉篇中的主要人物有三：張佳佳、龐佛奴和陳小鳳，其中龐、張是青梅竹馬的戀人，但陳小鳳仗著家裏有錢，也想娶張佳佳。這中間充滿了對比的趣味，張佳佳的機伶反襯陳小鳳的愚笨，十分滑稽。而張佳佳對龐佛奴的體貼和對陳小鳳的愚弄也是對比。

人物自身的對比在唐傳奇中最為常見，如前對話一節中提過〈李娃傳〉裏的滎陽公，對待親生兒子的態度從「愛而器之」到「棄之而去」，最後「父子如初」，就是自身的對比。同篇另一配角娃姥亦然，滎陽生才剛和李娃認識，娃姥即同意讓李娃「薦君子之枕席」，

> 生遂下階，拜而謝之曰：「願以己為廝養。」姥遂目之為郎，飲酣而散。

等滎陽生資財僕馬蕩然，就變成「姥意漸怠」。後來李娃把凍餓求乞的滎陽生抱回家中，娃姥也極力反對：

> 當逐之，奈何令至此？

當初鼓勵滎陽生和李娃同居的是她，拆散他們二人的也是她。這種前後對比正符合她勢利愛金的鴇母身分。

〈東城老父傳〉中賈昌的前後生活狀況也完全不同，如原先他以表演鬥雞邀寵皇上時：

> 玄宗為娶梨園弟子潘大同女，男服珮玉，女服繡襦，皆出御府。……
> 夫婦席寵四十年，恩澤不渝。

安史之亂之後：

> 昌還舊里。居室為兵掠，家無遺物。布衣顦顇，不得復入禁門矣。
> 明日，復出長安南門，道見妻兒於招國里，菜色黯焉。兒荷薪，妻負故絮。

後來他住在佛寺，讀釋氏經，

> 日食粥一杯，漿水一升，臥草席，絮衣。過是，悉歸於佛。

榮華的生涯歸於靜寂，賈昌變成一個地位卑微的和尚，這種自身前後的對比非常醒目。

又如〈張老〉篇中張老前後的生活狀況也呈現強烈的對比，他本來是園叟，娶了年輕的高門女子韋氏以後，仍然

> 園業不廢，負穢鑺地，鬻蔬不輟。

但後來他卻搖身一變成了張家莊的主人。韋義方到天壇山，

> 俄見一人戴遠遊冠，衣朱綃，曳朱履，徐出門。一青衣引韋前拜。儀狀偉然，容色芳嫩。細視之，乃張老也。……其堂沈香爲梁，玳瑁帖門，碧玉窗，珍珠箔，階砌皆冷滑碧色，不辨其物。其妹服飾之盛，世間未見。……有頃進饌，精美芳馨，不可名狀。

張老年輕了，住在富麗堂皇的大宅院裏，過著神仙一般的生活，眞是不可思議啊！

再看〈浮梁張令〉中的張令這個反面人物，他獲悉自己將死，便立刻哀求黃衫吏幫忙，他說：

> 某囊橐中，計所直不下數十萬，盡可以獻於執事。

等到他拜見了仙官，獲准延壽五年後，他又反悔了：

> 計酬金天王願，所費數逾二萬。乃語其僕曰：「二萬可以贍吾十舍之資糧矣，安可受祉于上帝，而私謁於土偶人乎！」

原本他毫不吝惜地說可以獻出幾十萬，最後卻連兩萬也捨不得拿出來，這種表裏不一、出爾反爾的個性也透過對比表現出來了。而仙官劉綱的嘴臉變得更快，他初見張令時態度非常冷漠，等張令向他苦苦哀求時，他「神色甚怒」，但

> 俄有使者，齎一函而至，則金天王之書札也。仙官覽書笑曰：「關節旣到，難爲不應。」

前後判若兩人，俗話說：「有錢能使鬼推磨。」這位仙官和貪錢的鬼沒有兩樣，眞是諷刺極了！

對比雖是小說中常用於刻畫人物的方法，但要運用得好也有一定的條件，那就是：（一）著力於性格特徵的對比；（二）對比要突出；（三）對比要眞實、自然。〔註19〕

從本節所舉的例子看，〈霍小玉傳〉對男女主角的刻畫就頗符合上述三項要求，相當難能可貴。其他像〈任氏傳〉、〈樊夫人〉、〈后土夫人〉、〈東城老父傳〉、〈張老〉、〈浮梁張令〉等篇，也都能達到「對比突出」的效果。至於〈李娃傳〉中的娃姥，除自身形成對比外，她對待滎陽生的態度和李娃相較，也造成「性

〔註19〕賈文昭、徐召勛著，《中國古典小說藝術欣賞》，頁101。

格特徵的對比」，使讀者感受強烈。而且唐傳奇人物的對比，大都能在眞實、自然的條件中發展，所以我們可以說：唐傳奇在這方面的表現相當不錯。

附錄：人物刻畫分析舉隅

一、任氏和紅拂

　　小說人物應隨著故事的進展不斷地加以刻畫，〔註20〕這一點，有幾篇唐傳奇做得非常成功，像〈任氏傳〉裏描寫任氏就是如此。先說任氏著白衣，「容色姝麗」，這是第一次，形容她的美貌。其次，當鄭子與她同寢，「妍姿美質，歌笑態度，舉措皆豔，殆非人世所有」，再度形容她的美色，並且暗示她不是人類。第三次，是由鬻餅的胡人說出她的身分——此中有一狐，多誘男子偶宿。等到鄭子在西市衣肆中瞥見她，她卻「側身周旋於稠人中以避」，這已是第四次，表現她有強烈的羞恥心。第五次是藉韋崟和家僮的對話再寫任氏的美：

> 崟迎問之：「有乎？」曰：「有。」又問：「容若何？」曰：「奇怪也！天下未嘗見之矣。」崟姻族廣茂，且夙從逸遊，多識美麗。乃問曰：「孰若某美？」僮曰：「非其倫也！」崟遍比其佳者四五人，皆曰：「非其倫。」是時吳王之女有第六者，則崟之内妹，穠豔如神仙，中表素推第一。崟問曰：「孰與吳王家第六女美？」又曰：「非其倫也。」崟撫手大駭曰：「天下豈有斯人乎？」

把韋崟所有認識的美女都比下去了，可見任氏有多麼美！這正是毛宗崗所謂的「正襯法」：「文有正襯，有反襯。……寫周瑜乖巧以襯孔明之加倍乖巧，是正襯也。譬如寫國色者，以醜女形之而美，不若以美女形之而覺其更美。」〔註21〕沈既濟早在唐朝就懂得利用這種方法，眞了不起！

　　接著寫任氏捍禦韋崟的強暴，顯出她的貞節；而替韋崟求美女、爲鄭子謀利益，則可以看出她的智慧。經過這七八次零星刻畫，我們可以得到一個總印象：任氏雖是狐妖，但她美麗、聰慧、堅貞、懂得報恩、也肯爲愛人犧

〔註20〕周伯乃著，《現代小説論》（臺北：三民書局），頁 54：「『零星介紹』是小説人物出場時，作者僅用幾筆簡筆把他的特性向讀者勾畫一個輪廓，而沿著小説故事的逐漸發展，作者始用工筆將其陸續介紹。」

〔註21〕詳見毛宗崗，《三國志演義·第四十五回·總評》大字《三國志演義》（臺北：文源書局影印本），頁 489。

牲，和一般女性相比，她是毫不遜色的。透過這種層層漸進的描述，〈任氏傳〉的主題「人不如狐」也就非常凸顯了。

　　紅拂這個人物也是隨著情節逐步刻畫的。在〈虬髯客傳〉裏，紅拂第一次出現是：

　　　　當靖之騁辯也，一妓有殊色，執紅拂，立於前，獨目靖。

著重她執紅拂的特徵和注視李靖的動作。第二次是她夜奔李靖，進一步描寫她是「十八九佳麗人」，並由她的談吐顯出她的不凡：

　　　　妾侍楊司空久，閱天下之人多矣，未有如公者。絲蘿非獨生，願託
　　　　喬木，故來奔耳。

最後再描寫紅拂臨危的機智——當虬髯客很不禮貌地看她梳頭，惹得李靖怒甚那一刻，

　　　　張氏熟觀其面，一手握髮，一手映身搖示，令忽（勿）怒。急急梳
　　　　頭畢，斂袂前問其姓。臥客曰：「姓張。」對曰：「妾亦姓張，合是
　　　　妹。」……張氏遽呼：「李郎且來拜三兄！」

紅拂從容地化解了一場可能發生的衝突。從這三段描寫，我們可以認識紅拂是既美麗又有遠見，而且反應敏捷的奇女子。

二、李娃和杜子春

　　李娃在〈李娃傳〉中的出場及身分雖然和任氏有些類似，[註22]但個性卻不盡相同。任氏對鄭六可說是：「鞠躬盡瘁，死而後已」，而李娃和滎陽生同居才一年多，就設下詭計把床頭金盡的滎陽生拋棄，這顯示出她重利輕義的妓女常態。但當她發現滎陽生貧病交迫淪為乞丐時，又義無反顧地收留滎陽生，並為此和其姥談判，替自己贖身，重新和滎陽生一起生活。所以李娃的個性有很明顯的轉變，這些轉變都集中在她大徹大悟之後。

　　白行簡對李娃的刻畫是「出乎意料之外，但入於情理之中」，譬如她拋棄滎陽生是意外，但因有「邇來姥意漸怠，娃情彌篤」的伏筆，所以後來接納滎陽生也就合情合理。此外更安排了李娃細心照顧滎陽生的身體、鼓勵他求取功名等情節，把李娃體貼、成熟的一面表現出來，最後滎陽生要到成都府上任，李娃卻說：

〔註22〕二人都是妓女，而且一出場都是和男主角邂逅。

> 今之復子本軀，某不相負也。願以殘年，歸養老姥。君當結媛鼎族，
> 以奉蒸嘗。中外婚媾，無自瀆也。勉思自愛。某從此去矣。

更把李娃的人格推向理智的最高峰。由於白行簡是有計畫地一步步塑造李娃的個性，所以她這番言辭，非但不會使人驚異，反讓人有「李娃終於長大了」的欣慰感。總之，白行簡把李娃的成長個性刻畫得極爲突出，已經超出所謂的扁平人物，而接近圓形人物了。〔註23〕

　　杜子春在〈杜子春〉篇中的成長個性也塑造得很好。故事開始的時候，他是個揮霍成性的敗家子，投靠親友，到處碰壁，老人對他頭兩次的資助，都被他浪蕩光了；第三次他總算幡然改悟，做了一番慈善事業，然後依約去找老人，開始接受嚴苛的考驗。

　　作者李復言對杜子春先抑後揚，從一開始他落魄憤激到逐漸有羞恥心、有仁愛心、有感恩圖報的意志，能信守約定、忍受苦楚，使杜子春的形象逐漸提升。最後他的任務雖然沒有圓滿達成，但卻更證明了他偉大的人性面。

　　比較法的運用，也使杜子春的個性更加鮮明，如三次拿老人的錢，他的反應各有不同；看守藥爐時，每次幻象都不一樣，他卻始終不理不睬。

三、霍小玉

　　霍小玉的出身、美貌及癡情，是蔣防刻畫的重點。〈霍小玉傳〉有三處顯示小玉的出身與眾不同，鮑十一娘說她是：

> 故霍王小女，字小玉，王甚愛之。

後來李益在小玉家立下山盟海誓，用的筆研「皆王家舊物」，小玉的婢女浣沙變賣紫玉釵時也被老玉工認出是霍王小女上鬟所用。雖然霍王不見得有那麼小的女兒，〔註24〕但蔣防是寫小說而不是記歷史，小說只要能自圓其說就可

〔註23〕佛斯特《小說面面觀》將人物分爲「扁平的」和「圓形的」兩種，扁平人物是依循著一個單純的理念或性質被創造出來；圓形人物則消長互見、複雜多面，與眞人相去無幾，而不只是一個概念而已。詳見該書第四章，頁 59～68。

〔註24〕劉開榮著，《唐代小說研究》（臺北：商務印書館），頁 75：「作者說女主角霍小玉是霍王的小女，這當然又是唐人喜歡假託高門的舊習，因爲霍王元軌是太宗的兄弟（見《新唐書·卷七九·霍王傳》），在武后垂拱四年，因坐與越王貞合謀反抗武后而被殺，算至小說中所說『大歷中』就將近九十年了，那裏還有十六歲的小女呢？」但據《新唐書·卷一七·霍王傳》：「神龍初，並復官爵，以緒（霍王元軌六子）孫暉嗣王，開元中，爲左千牛員外將軍。」《舊唐書·卷六四·霍王傳》與此略同，「嗣王」作「嗣霍王」，故〈霍小玉傳〉

以了，這點蔣防還是站得住的。

小玉的美貌，除了早經鮑十一娘介紹出來外，李益登門拜訪那一段文字更是精采：

> （淨持）遂命酒饌，即令小玉自堂東閤子中而出。生即拜迎。但覺一室之中，若瓊林玉樹，互相照曜，轉盼精彩射人。

蔣防先把小玉的美用動態的、耀眼的方式表達出來。再分別呈現她活潑和矜持的另一面：

> 玉乃低鬟微笑，細語曰：「見面不如聞名。才子豈能無貌？〔註25〕」……母女相顧而笑，遂舉酒數巡。生起，請玉唱歌。初不肯，母固強之。發聲清亮，曲度精奇。

至於小玉的癡情，更是蔣防特別強調的。當李益覺得巫山、洛浦也比不上小玉時，小玉卻流下眼淚：

> 妾本倡家，自知非匹。今以色愛，托其仁賢。但慮一旦色衰，恩移情替，使女蘿無托，秋扇見捐。極歡之際，不覺悲至。

顯示小玉不同於一般倡妓的純潔本性，所以她會在和李益分別的前夕，提出「八歲歡愛」的要求；而且她對李益是全然的信任，李益要她「端居相待」，她就絲毫不敢逾越——先是「賂遣親知，使通消息」，繼而變賣首飾、維持生計；確知李益變心以後則「日夜涕泣，都忘寢食」，終於「冤憤益深，委頓牀枕」而生死為厲鬼、報復李益之念。

蔣防把小玉的癡情寫得委曲詳盡，最後由愛生恨也是情節發展的必然結果。更值得一提的是他善用對比法，李益的輕浮和薄倖更襯托出小玉堅貞、癡情的可貴。紅顏薄命的霍小玉應該是唐傳奇中最教人同情的女子了。

四、崔鶯鶯

在說明崔鶯鶯的個性之前，必須先討論一下她的身分。從〈鶯鶯傳〉本

中之霍王亦有可能係指李暉或其後人。

〔註25〕 張友鶴著，《唐宋傳奇選》（臺北：明文書局），頁52，〈霍小玉傳・注釋（三七）〉：「『才子』指聞名，『貌』指見面，此處似應作『聞名不如見面』。」而王夢鷗《唐人小說校釋》上冊，頁206，〈霍小玉・校釋（三八）〉則云：「此以『細語』出之，文意婉曲。見面不如聞名，是反常之語。……故下文即接以『生遂連起拜曰：小娘子愛才，鄙夫重色，兩好相映，才貌相兼』云云，自示有才無貌。」

文來看，鶯鶯是良家女，因為她是張生的遠房表妹，而且崔、鄭（鶯鶯之母姓鄭）都是唐代第一流高門，但張生後來卻辜負了她，不肯娶她為妻，而且還編派她一個「尤物」、「妖孽」的罪名，造出所謂「忍情」之說，實在令人莫名其妙。所以宋王銍作〈傳奇辨正〉（見趙德麟《侯鯖錄》卷五）就說：〈鶯鶯傳〉是元稹的自敘，鶯鶯乃崔鵬之女。考證得非常詳細。這種說法的前半大部分人都同意，陳寅恪先生在〈讀鶯鶯傳〉〔註26〕一文中也說：

> 寅恪案：〈鶯鶯傳〉為微之自敘之作，其所謂張生即微之之化名，此固無可疑。

但陳先生卻不同意鶯鶯是元微之的表妹，他說：

> 鄙意微之文中男女主人之姓氏皆仍用前人著述之舊貫，此為會眞之事。故襲取微之以前最流行之「會眞」類小說，即張文成〈遊仙窟〉男女主人之舊稱。

陳先生以為鶯鶯決非高門女子，主要的理由是：

第一，張生和元稹有〈會眞詩〉、〈續會眞詩〉，「會眞」是遇仙或遊仙的意思。而「仙」字多用作妖豔婦人或風流女道士或者娼妓。

第二，如果鶯鶯眞是出身高門甲族，元稹就沒有必要另娶姻族顯赫的韋氏，而且他拋棄鶯鶯的作法也不會見諒於人。

鶯鶯非高門女子這是可以確認的，但如果說鶯鶯是像〈遊仙窟〉裏崔十娘那樣的妓女，一定也有很多人會反對。因為從〈鶯鶯傳〉裏看，鶯鶯是受了張生的挑逗才白璧有瑕，和一般送往迎來的娼妓迥然不同。如果和唐傳奇中其他的女性角色相比，鶯鶯和霍小玉的情形倒有些類似，但鶯鶯的確有點像是元稹遮遮掩掩寫出的，〔註27〕與蔣防把霍小玉刻畫得淋漓盡致又不相同。

所以筆者以為不必刻意去說鶯鶯是妓女（雖然古添洪認為如果點出鶯鶯本身只是一名娼，故事中的矛盾都可以迎刃而解），事實上就算點明鶯鶯是娼，此篇內容仍然有矛盾之處，所以還是就小說論小說比較好。葉師慶炳說：

〔註26〕 見其《元白詩箋證稿》（臺北：作者自刊本）第四章附，頁 100～109。

〔註27〕 古添洪，〈唐傳奇的結構分析〉（《中外文學》，四卷三期），頁 99～100 云：「要充分了解〈鶯鶯傳〉，我們不得不提出此篇寫作上的轉位。原來此篇所寫，實是進士與娼妓的戀情小說，而作者卻要寫成一個仕（仕似為「試」之誤）場失意者與名門閨秀的戀愛。……鶯鶯是一娼妓，如果呼之即來，總覺於名士之自尊有損；故把鶯鶯寫成堅（堅似為衍文）貞愼自保的女子，愈覺其可貴，以滿足其幻想的虛榮心。眞是可笑。」

　　鶯鶯是一位表面上冷若冰霜，內心卻有熾熱情感的女性。〔註28〕
的確，鶯鶯一直都在禮教和情欲中掙扎，所以當禮教占了優勢，她就擺出一
副貞慎自保的淑女面孔，把應邀而來的張生罵得狗血淋頭；一旦情欲衝破禮
教的防線，她又變成「嬌羞融冶，力不能運支體」了。如果借用奧國精神醫
學家弗洛伊德的心理析論，〔註29〕就可以說鶯鶯是在本我、超我之間依違著。
所以鶯鶯的心情是非常矛盾和痛苦的，她很了解和張生偷偷摸摸的日子不可
能長久，終有一天張生會離她而去。而她也做好了這種心理準備，從下面這
段文字可以看出：

　　　　張生俄以文調及期，又當西去。當去之夕，不復自言其情，愁歎於
　　　　崔氏之側。崔已陰知將訣矣，恭貌怡聲，徐謂張曰：「始亂之，終棄
　　　　之，固其宜矣。愚不敢恨。必也君亂之，君終之，君之惠也。……」

後來鶯鶯給張生的信上也說：

　　　　但恨僻陋之人，永以遐棄。命也如此，知復何言！……致有自獻之
　　　　羞，不復明侍巾幘。沒身永恨，含歎何言！倘仁人用心，俯遂幽眇，
　　　　雖死之日，猶生之年。……

更是已知與張生結合希望渺茫，卻仍在做最後的掙扎，讀之令人鼻酸！

　　元稹雖然把〈鶯鶯傳〉寫得很含糊，〔註30〕但對鶯鶯的個性塑造卻仍然
很成功：鶯鶯的美在出場時就已顯露，她的才華元稹都讓她「表演」出來—
—鼓琴、作詩、寫信，尤其表明她在矛盾痛苦中仍有她的自處之道，顯示鶯
鶯韌性極強，有面對現實的勇氣。篇末張生和鶯鶯各自嫁娶，張生又要求以
外兄相見，被鶯鶯拒絕，這也和鶯鶯原來「貞慎自保」的性情十分吻合。

五、張生

　　〈鶯鶯傳〉中的張生和〈霍小玉傳〉中的李益有不少相似之處，如二人
都擅長作詩，都是好色之徒和負心漢。但李益負小玉似為性情膽怯及時代風
尚使然，而且李益自離開小玉後即不與小玉通訊；張生卻在赴京之後還寄書
信禮物給鶯鶯，即使鶯鶯另適他人，張生也要求以外兄見面，凡此皆可以看

〔註28〕詳見葉師慶炳，〈崔鶯鶯的愛情歷程〉一文，收於葉師慶炳主編之《中國古典
　　　　小說中的愛情》（臺北：時報出版公司），頁 46。
〔註29〕詳見張春興，《心理學》（臺北：東華書局），頁 368～370。
〔註30〕古添洪，〈唐傳奇的結構分析〉：「故事中的含糊不通，往往由於這轉位的不成
　　　　功，以及作者不敢自洩實情之故。」見《中外文學》四卷三期，頁 100。

出張生性情獨特的一面。

元稹描繪張生最成功的一點是所謂的「好色」，張生自述「年二十三未嘗近女色」的原因是：

> 余真好色者，而適不我值。何以言之？大凡物之尤著，未嘗不流連
> 於心，是知其非忘情者也。

張生對美色的標準訂得很高，一直到見了鶯鶯，才凡心大動，他對紅娘說：

> 昨日一席間，幾不自持。數日來，行忘止，食忘飽，恐不能逾旦暮，
> 若因媒氏而娶，納采問名，則三數月間，索我於枯魚之肆矣。

這段話很看得出他好色狂妄的本質，所以當他得到鶯鶯〈明月三五夜〉的詩，就梯樹踰牆前去幽會。後來他自己使君有婦，鶯鶯也嫁給別人，他居然仍要求見面，可見他好色之心未改；但張生對鶯鶯只是一種色相之愛，難以忘懷卻不肯認真。

在元稹的筆下，張生就是這麼一個風流自賞、自以為是的傢伙，「忍情」說則是他文過飾非的工具，但他那種言不由衷、強辭奪理的說法，只是讓人覺得他作賊心虛罷了！

六、郭元振和吳保安

「郭元振」是唐傳奇中的正義典型，作者藉一個神話故事把郭元振的見義勇為、足智多謀以及滔滔辯才表現得入木三分。首先，當郭元振聽了那名女子的不幸遭遇後，他說：

> 吾忝大丈夫也，必力救之。若不得，當殺身以狥汝，終不使汝枉死
> 於淫鬼之手也。（汪國垣《唐人傳奇小說集》）

一副捨我其誰的氣概，著實令人佩服。而等到烏將軍來了，郭元振卻很有禮貌地派人先致意、再行揖，並表明自己願擔任小相，然後和烏將軍言笑甚歡，再利用時機行刺，真是計畫周全、萬無一失。

等烏將軍逃走，鄉老們卻又責怪郭元振傷了他們的神，要殺郭元振。這時郭元振毫不畏懼，鼓起如簧之舌給鄉老上了一課，一番義正詞嚴的話，講得鄉民們茅塞頓開，反而高高興興地跟著郭元振去直搗烏將軍的巢穴。後來鄉民們要酬謝郭元振，他不接受，只簡單地說：

> 吾為人除害，非鬻獵者。

短短九個字，就把他磊落的胸襟全寫出來了。

牛僧孺塑造郭元振用的是很自然平實的方式，效果不錯。

另一個正義典型是「吳保安」，他為了營救素未謀面的郭仲翔，不惜拋妻棄子，十年不歸，這實在不是一般人所能做到和理解的。

牛肅對吳保安的個性並沒有多作刻畫，只是表現他「為知己死」的執著；全篇沒有保安說的一句話（只有一封他向郭仲翔懇求介紹工作的信），卻更說明了保安的默默努力。牛肅很清楚吳保安的偉大在於他的行動，所以就全部用他的行事來證明這一點。

七、虬髯客和紅綫

虬髯客是給人具體感覺的神祕客，他一出現就顯得與眾不同：

> 靖方刷馬，忽有一人，中形，赤髯而虬，乘蹇驢而來，投革囊於爐前，取枕欹臥，看張氏梳頭。

大有「來者不善，善者不來」之勢，然後他的反應也快，方才還色迷迷地看紅拂梳頭，馬上改口「今夕幸逢一妹」；個性豪爽，和初次見面的李靖、紅拂共吃羊肉，且單刀直入地追問李靖如何得到紅拂、太原有無異人等，走的時候又神祕兮兮的「乘驢而其行若飛，迴顧已遠」。

他還有慷慨助人、既有知人之見又有自知之明等優點，使人不得不為之著迷。胡適之先生曾讚譽〈虬髯客傳〉是「唐代第一篇短篇小說」，並說：

> 〈虬髯客傳〉的長處正在他寫了許多動人的人物事實，……〈虬髯客傳〉寫虬髯客極有神氣，自不用說了。就是寫紅拂、李靖等「配角」，也都有自性的神情風度。這種「寫生」手段，便是這篇的第三層長處。〔註31〕

閉上眼睛，彷彿就看見虬髯客頂著那一口赤髯、騎著蹇驢飛馳而去的身影，虬髯客的造型真是太突出了！

紅綫塑造的成功也在於她的神祕性，她是女子，袁郊卻故意不提她的面貌如何，只說她「善彈阮，通經史」，能聞鼓知音，還有深藏不露的功夫，比起一般奇男子有過之而為不及。她替主人薛嵩潛入田承嗣的臥房，盜合歸來，功勞不小，但她卻執意離去，原來她還有個神祕的身世，此生所作所為，正為了贖取前世的罪孽。

〔註31〕胡適，《胡適文存》（臺北：遠東圖書公司）第一集，卷一，〈論短篇小說〉，頁138。

〈紅綫〉中描繪紅綫飾其行具的那段文字頗具美感：

> 梳烏蠻髻，貫金雀釵，衣紫繡短袍，繫青絲輕履。胸前佩龍文匕首，
> 額上書太一神名。

可以略補沒有描繪紅綫外表的缺憾，從這些服飾和動作，我們可以想像紅綫
打扮起來那種輕盈煥發的模樣，一定是非常動人的。

八、王仙客

　　唐傳奇中的癡心男子可以王仙客為代表。作者薛調對王仙客的塑造，著
重在他對表妹無雙的愛戀，雖歷經挫折而毫無改易。王仙客的苦樂憂喜，先
前在於能否和無雙成婚，後來則在如何尋找無雙、營救無雙。王仙客另一個
特點是極有耐心，薛調描寫他曾避亂村居三年，等京師重整一切如常後，才
入京訪舅氏消息。又他見無雙信中提到古押衙是有心人，可以去求助。仙客
就去尋訪古押衙，「（古）生所願，必力致之，繒綵寶玉之贈，不可勝紀。一
年未開口。」後來還是古押衙覺得過意不去，主動詢問仙客有何困難，他才
吐露實情。所以仙客能救出無雙，有情人終成眷屬，固然是古押衙等人鼎力
相助，但他自己的專情和耐性也是相當重要的因素。

　　篇中對王仙客的癡情有一段極動人的描寫，那就是當他得知舅父母皆處
極刑，無雙也沒入掖庭後，極為傷心，又問塞鴻：

> 「舊家人誰在？」鴻曰：「唯無雙所使婢採蘋者，今在金吾將軍王遂
> 中宅。」仙客曰：「無雙固無見期，得見採蘋，死亦足矣。」

這種愛屋及烏的情操，正是他熱愛表妹的鐵證！

九、蘇無名和蕭翼

　　「蘇無名」和「蕭翼」是唐傳奇中的兩個智慧型人物，前者擅長抓小偷，
後者卻客串做了一次成功的小偷。

　　〈蘇無名〉這篇的結構和今日偵探小說類似，先把事件述出，破案後再
追敘原因。所以蘇無名這個角色的厲害，也是到最後才完全顯露出來。起先
他給人的印象是愛管閒事和頗有自信：

> 無名歷官，所在擒姦摘伏有名。每「偷」至無名前，無得過者。此
> 輩應先聞，故將來，庶解圍耳。

後來他要求天后寬限捕賊的時間，交代部下注意情報，果然人贓俱獲。原來

他早就發現一羣人可疑，只是不知道他們藏東西的地方，等寒食節這批人出城去一座新塚祭奠，舉止怪異，蘇無名就把他們全逮捕了。

　　作者牛肅只在蘇無名不卑不亢的態度和條理井然的言辭上下工夫，就已經把一位古代探長的才智寫活了。

　　蕭翼是〈購蘭亭序〉裏的男主角，他奉唐太宗之命去取辨才的〈蘭亭序〉，一開始他的智謀就顯現出來了：

> 翼奏曰：「若作公使，義無得理，臣請私行詣彼。須得二王雜帖三數
> 通。」

他改扮商人，和辨才結爲知己。等辨才對他毫無戒心，決定出示〈蘭亭〉眞跡時，他還故意說：

> 數經亂離，眞跡豈在？必是響搨僞作耳。

用激將法使辨才非拿出來不可，等辨才拿出來，他又故意嫌東嫌西，說：

> 果是響搨書也，紛競不定。

辨才一向是把〈蘭亭〉藏在伏梁上的，看蕭翼這種態度，乾脆就留在几案之間了。蕭翼逮了個辨才出門的機會，就從容到手了。

　　作者張彥遠這篇的重點是在〈蘭亭序〉的轉手經過，但蕭翼的智謀已表露無遺，尤其是他對辨才欲擒故縱的心理戰，更是高明。

　　本附錄摘取了十四個唐傳奇中的人物，就其特性與刻畫手法加以論述。我們可以發現，這些人物是豐富多樣、各具特色的鮮活生命，其中有美女、豪客，有癡情女子和負心漢，也有智多星與義士。刻畫手法除本章一至四節所述外，尚有層層加強的零星刻畫和圓形人物出現，都是彌足珍貴的，值得後世寫作者借鏡。

第三章　唐傳奇呈現主題的技巧

　　主題是構成小說的要素之一。〔註 1〕簡單的說，主題就是小說中故事的意義。〔註 2〕當我們閱讀一篇小說時，似乎應該可以同時感受到它的主題，但事實並非如此，一位技巧高妙的小說家可以把他的主題隱藏起來，讓讀者遍尋不著卻又覺得饒有意義。如曹雪芹的《紅樓夢》，這部偉大的小說主題是什麼？言人人殊，迄今還沒有定論。當然，有些小說的主題非常明顯，也有的小說內容複雜主題不只一個。主題明顯的小說，我們可以說是「功德圓滿」，但比起不著痕跡的表現主題，多少還是差了一點。〔註 3〕如果一篇小說讓人讀了之後感到意在言外，或者在反覆推敲之後才發現作者真正的意圖，那豈不是更高明嗎？

　　所以筆者以爲，從一篇小說如何表現它的主題，也可以判定其寫作技巧的高低。不過討論小說主題是件非常危險的工作，一來牽涉到作者個人的背景問題，每位作家的稟賦、學養、情操和信仰都不相同，著重的主題也就不一；二來主題的表現方式沒有一個準則，有的明揭，有的暗示，更有的是採用障眼法，讓人捉摸不透；再者研判主題很難做到絕對客觀，以〈虬髯客傳〉爲例，一般認爲是含有政治目的的，但也有人並不贊同。〔註 4〕所以，討論小

〔註 1〕如羅盤著，《小說創作論》（臺北：東大圖書公司）云：「小說之構成可分爲主要元素及相關元素兩種。主要元素爲：主題、人物、故事；相關元素爲時間、地點、景物。」頁 24。

〔註 2〕見 W. Kenney 著，陳迺臣譯：《小說的分析》（臺北：成文出版社），頁 116。

〔註 3〕李喬《小說入門》分主題表達程度爲「言不及義」、「言至意顯」、「意在言外」三個境地。並云：「所謂世界名著、偉大作品，莫不具備第三境界的主題經營在焉。」見該書頁 120。

〔註 4〕樂師蘅軍〈唐傳奇的意志世界〉云：「先說〈虬髯客〉，這個故事表面上寫一個野心的江湖俠士，如何在真命天子這一傳統政治信仰下，放棄了爲天下帝王的奮鬥，以表示對稟具神意的最高英雄的服膺。然骨子裏則完全是寫虬髯這個角色一場意志的決戰，這是稍加留心，就可以從故事情節中識得感知的。」

說主題的態度必須嚴肅而愼重，否則就難免會失之偏頗。

　　同時在討論唐傳奇的主題之前，有一點必須先認清，那就是多數唐傳奇帶有「議論」的特殊現象，〔註5〕這種通常附於篇末、偶爾也出現在篇中的議論，與主題似乎有相當大的關聯，有時它們簡直是一而二或二而一的東西，但有時又顯然不完全相同。尤其是帶有諷刺或影射意圖的作品，它的議論常常是冠冕堂皇，看不出絲毫彆扭之處；但仔細在字裏行間推敲，卻可以發現作者另外的用意。所以各篇傳奇中的「議論」可以作爲推斷主題的參考，卻不能百分之百肯定就是作者創作意念的肺腑之言。

　　怎麼表達主題才最有效？這是一個很難回答的問題。以唐傳奇的形式來說，因爲受著篇幅的限制，主題不宜太過複雜，通常一個主題即已足夠，至多再加一個副主題。否則一篇作品很可能會因不同主題的導向而變得支離破碎，缺乏令人感動或信服的力量。

　　所有技巧上乘的作品，主題總是在最後才凸顯而出，但在行文當中，作者可以加上若干的暗示或其他輔助的力量，使主題的表現更如水到渠成般自然。這些當然也是討論主題時不可忽略的地方。唐傳奇各篇表現主題的方式，大約可以分成下面幾種：

　　（一）一般情節發展式。

　　（二）由人物發表議論。

　　（三）借助某種情境的對比。

　　（四）以人物的某一動作或某一句話爲關鍵。

　　（五）毀謗、諷刺、影射等特殊方法。

　　但這幾種方法，往往可以同時使用兩種以上，使效果更佳。以下就依照這五種方式，分別舉例說明：

第一節　五種表現主題的方式

一、一般情節發展式

　　這是最常見的一種方式，順著情節發展，到故事終了時，主題也和盤托

　　　　見《臺靜農先生八十壽慶論文集》，頁869。
〔註 5〕詳見第一章第二節。

出，令人有確實如此或恍然大悟的感覺。如曾被宋祁採入《新唐書‧忠義傳》〔註6〕的〈吳保安〉，內容敘述吳保安為了營救鄉人郭仲翔，竟棄絕妻兒十年不歸；後來保安先卒，仲翔又反過來照顧其子。全篇平鋪直敘，卻真切感人。篇末沒有說教，也沒有唐傳奇特有的議論尾巴，卻能使忠義的主題直逼人心，堪稱一般情節發展式的代表作。又如李公佐以第一人稱口吻寫的〈謝小娥傳〉，也是把謝小娥為父、夫報仇的經過依時間順序寫出，然後再寫他和謝小娥重逢，當時小娥已經皈依佛門，過著苦行修持的生活。篇末則有一段文字詳述寫作動機：

> 君子曰：「誓志不捨，復父夫之仇，節也。傭保雜處，不知女人，貞也。女子之行，唯貞與節能終始全之而已。如小娥，足以儆天下逆道亂常之心，足以觀天下貞夫孝婦之節。」余備詳前事，發明隱文，暗與冥會，符於人心。知善不錄，非《春秋》之義也。故作傳以旌美之。

所以主題很明顯是為了旌美謝小娥的貞節。事實上，即使沒有這段文字，我們仍然可以判斷出來這篇故事的意義何在。

再看〈狄惟謙〉這篇，狄惟謙因為地方乾旱，不得不請求巫師祈雨，請了兩次都沒有下雨，第三次巫師出言不遜，惹火了狄惟謙。於是狄惟謙假稱為巫師餞行，趁機把巫師殺了，引起軒然大波，幸而此時天空忽降甘霖，平息了百姓的憤怒。這篇的主題在前半篇是看不出來的，頂多只能感覺狄惟謙是個愛護百姓的地方官，巫師是個可惡的騙子。情節發展到最後，狄惟謙設計殺了巫師，百姓大為震駭，眼看就要造成暴動，老天卻在此時降下滂沱大雨，百姓也由怒轉喜，對狄惟謙變得更加服膺。這時我們才恍然大悟，作者強調的是迷信不足憑恃，壞人終招惡果。

〈孫恪〉是另一個讓人恍然大悟的例子。但與〈狄惟謙〉的表現手法又略有不同。因為它一開始就有袁氏吟詩「青山與白雲，方展我懷抱」的暗示，在化猿之前又有「每遇青松高山，凝睇久之，若有不快意」的描寫，所以袁氏棄家而返山林的結果並不突兀，反而是非常自然的。但袁氏能夠捨下兩個親生的兒子，終究不符合人類社會中的天倫常理，所以作者必須在篇中安排一些伏筆，暗示袁氏實非人類，最後因為本性戰勝了母性，才選擇了逐伴歸山一途。所謂「江山易改，本性難移」應該就是本篇揭櫫的主題。

〔註6〕詳見《新唐書》卷一九一（臺北：鼎文書局），頁5509。

　　寫狐狸搗蛋很特別的一篇〈王生〉（《廣記》卷四五三），篇幅短小，沒有突出的人物刻畫，也沒有曲折動人的情節，只是娓娓道出王生與狐狸爭奪黃紙文書的始末，因爲王生先打傷狐狸的眼睛，搶了那份黃紙文書，狐狸才會滋生各種報復。事實上王生根本沒必要收藏這份文書，王生自從得到它，好處一點沒有享受到，麻煩事倒惹了不少，最後弄得家道敗落、一事無成。這篇也沒有議論、緣由之類的文字，大概主題不外是「害人之心不可有」吧！

　　〈許至雍〉被《廣記》（卷二八三）編在巫類，但篇中所強調的應該是夫妻之情，巫趙十四只是扮演媒介人物而已。故事一開始寫許至雍思念亡妻，後來果然在趙十四的協助下和亡妻見面。但時間有限，不多久就得分別。許至雍要求亡妻留下一點紀念的東西，許妻說：「幽冥唯有淚可以傳於人代。」結果許妻的淚痕全是殷殷血斑，讓許生傷心得幾天都吃不下飯。這篇內容和〈唐晅〉十分類似，但在主題的表達上卻比較成功，或許就是因爲這份雖死不渝的愛情吧！〔註7〕

　　〈離魂記〉也是強調愛情力量的偉大。當王宙赴京時，倩娘「徒行跣足而至」，已可看出他對表兄王宙用情之深。等到後來他們夫婦回到張鎰家，室中的倩娘和歸來的倩娘竟合爲一體，再度證明了愛情力量的偉大。本篇內容雖然荒誕離奇，但就主題呈現上來說，卻是相當成功的。

二、由人物發表議論

　　這種方式也是唐傳奇中非常易見的，作者以篇中人物作爲自己的代言人，對某人或某事大加批評，來凸顯主題，如〈古鏡記〉、〈郭元振〉、〈杜子春〉、〈陸仁蒨〉、〈王團兒〉、〈素娥〉、〈陳袁生〉、〈王屋薪者〉、〈成粥〉等篇皆是如此。上述各篇多已在第一章第二節論及，故此處僅略作補充：

　　〈郭元振〉一篇的主題多半可以從郭元振的口中發現，他對鄉人所講的話旨在破除迷信，建立對神祇正確的觀念。就此點而言，〈郭元振〉的寫法是很成功的，但篇末一般文字：

> 公之貴也，皆任大官之位。事已前定，雖主遠地而弄于鬼神，終不
> 能害，明矣。

卻顯示出濃厚的命定思想，顯然有破壞前述主題的嫌疑，令人十分惋惜。

〔註7〕〈唐晅〉也是和亡妻見面的故事，但夫妻見面所談多係瑣碎之事，且唐晅已再婚，被亡妻取笑。故實不如〈許至雍〉中所述之夫妻之情動人。

〈杜子春〉的前半部因為神怪氣息充斥，所以根本看不出主題何在，一直到子春看守藥爐失敗，道士說出一番安慰勉勵的話，讀者才知道主題就是強調人性中愛是無法泯滅的。子春在幻覺中被轉世成為女性，仍牢牢記住道士的囑咐不曾開口，但當他眼見丈夫把兒子摔死時，終於失聲叫出了「噫」，這一聲噫使道士和子春前功盡棄，成仙的希望也破滅了，但也就是這同一聲噫，使我們看出母愛的偉大遠在一切情愛之上。

〈陸仁蒨〉（《廣記》卷二九七）這篇傳奇非常特別，記敘陸仁蒨由不信鬼神變成和鬼相交，最後還依靠鬼使者庇護生命。顯然它的主題是肯定鬼的存在、否定鬼的可怖，並探討鬼性。篇末陸仁蒨寫給岑文本的信中批評鬼神和人一樣貪諂，但鬼神的確有超凡的力量可以保護人類，十分有趣。

〈素娥〉的主題可以從篇末素娥、武則天的話中看出。素娥自稱是花月之妖，被上帝派來迷惑武三思，並說天下終將歸於李氏。武則天聞知此事，也只有嘆曰：「天之所授，不可廢也。」所以這篇的主題表面上是邪不勝正和天命思想，其實政治意味十分濃厚。

〈成弼〉篇中道者被成弼殺死，卻忽然現形說了幾句話：

> 吾不期汝至此。無德受丹，神必誅汝，終如吾矣。

言簡意賅，後來果然一一應驗！「你怎樣待人，人也怎樣待你。」成弼用殘酷的手段殺害道者，結果自己也得到同樣的現世報。

三、借助某情境的對比

以情境對比來表達主題的名篇如〈枕中記〉、〈櫻桃青衣〉、〈南柯太守傳〉、〈薛偉〉、〈古元之〉、〈陳季卿〉等，幾乎都是藉夢中遭遇使人有所領悟。〈枕中記〉中的盧生和〈櫻桃青衣〉中的盧子都是在現實生活中抑鬱不得志的，從經歷榮華富貴的夢裏醒來後，反而不再汲汲於名利的追求，盧生說：

> 夫寵辱之數，得喪之理，生死之情，盡知之矣。此先生所以窒吾欲也。敢不受教。

盧子說：

> 人世榮華窮達富貴貧賤，亦當然也。而今而後，不更求官達矣。

〈南柯太守傳〉中的淳于棼在夢中貴為駙馬，鎮守一方，榮耀顯赫，夢醒後也「感南柯之浮虛，悟人世之倏忽，遂栖心道門，絕棄酒色。」基本上這三篇的架構和主題都很類似，只是夢中情境略有不同而已。

〈薛偉〉這篇則有意藉薛偉夢中魚服的經歷來宣揚佛教的輪迴﹝註8﹞、戒殺生等說法。如薛偉說：

> 我又叫曰：「王士良，汝是我之常使繪手也，因何殺我？何不執我，白於官人？」士良若不聞者。按吾頸於砧上而斬之。彼頭適落，此亦醒悟。

魚的生命方才結束，人的生命又重新開始，這正是佛家所謂的輪迴。而張弼、王士良和裴五聽了薛偉的敘述後，都投繪終身不食，更明揭了「戒殺生」的主題。這篇的主題表現得非常強烈，主要是因為主角薛偉自己現身說法的緣故。

〈古元之〉（《廣記》卷三八三）在《廣記》中屬再生類，敘述古元之因飲酒而卒，三日後復生。古元之說他在昏醉中彷彿做夢，替一位遠祖古說擔囊侍從到和神國。和神國如仙鄉般美好，令人神往。所以古元之醒來之後，從此「疏逸人事，都忘宦情，遊行山水，自號知和子。」另一篇〈陳季卿〉也記載一段奇遇，陳季卿離家十年，很想回家。後來得到終南山翁的幫助，回家去看妻子兄弟，歸來竟勘破紅塵、絕粒入山了。這兩篇傳奇異中有同，主角都曾經高人指點，都曾經過一番「遊歷」，然後屏棄原來的生活方式（放棄功名）。它們的主題，如果不是經過這種對照，是無法使人信服的。

上述幾篇也有以人物的議論來闡明主題的情形，如〈枕中記〉和〈櫻桃青衣〉（已見前引），〈古元之〉則有一段古說的話：

> 此和神國也。雖非神仙，風俗不惡。汝迴，當為世人說之。……

不把這幾篇列到第二類「由人物發表議論」中，是因為它們除了用人物議論來闡明主題外，更借助做夢、魂遊等方式造成情境上的對比，使主題更凸顯，有別於單純的第二類的緣故。

四、以人物的某一動作或某一句話為關鍵

有些唐傳奇中可以找到某個動作或某句話和主題的表達有密切的關係，如〈馮燕傳〉中馮燕突出重圍，承認自己的罪行：

> 司法官與小吏持朴者數十人，將嬰就市，看者圍面千餘人。有一人排看者來，呼曰：「且無令不辜死者。吾竊其妻，而又煞之，當繫我。」吏執自言人，乃燕也。

﹝註8﹞ 勞思光著，《中國哲學史》（二）（臺北：三民書局）云：「每一既成為『有』之靈魂，由生而老死，再轉入生，再至老死；此即所謂『輪迴』。」頁192。

馮燕本來可以任由張嬰替他頂罪，自己逍遙法外的，但他不願無辜的張嬰白白送死，所以勇敢地出來自首，他這個動作（這種行為），正是作者沈亞之所謂的「豪」：

> 嗚呼！淫惑之心，有甚水火，可不畏哉！然而燕殺不誼，白不辜，
>
> 真古豪矣！（此據汪國垣《唐人傳奇小說集》，《廣記》無此論）

又如〈周秦行紀〉，雖是以牛僧孺的口吻敘述自己的一場奇遇，其實卻是李德裕的門人韋瓘所作用來陷害牛僧孺的。文中楊貴妃笑曰：

> 沈婆兒作天子也，大奇！

就是誣衊牛僧孺目中無君，前人辯證已非常詳盡。〔註9〕這篇的主題關鍵就在這句話，沒想到卻弄巧成掘，皇帝根本不相信牛僧孺會這樣寫。

〈圓觀〉（《廣記》卷三八七）這篇的主題可以一語道破，就是文中圓觀說的：

> 釋氏所謂循環也。

這句話恰好出現在全篇的中間，在此之前，圓觀曾和李公爭執旅遊的路線，半年未訣；後來二人在南浦見婦女汲水，圓觀居然掉下眼淚；這都是令人不解的。等圓觀說明自己將投胎轉世，而且所作的預言都一一實現後，李公才明白「循環」之理。所以這篇雖然早就把主題透露出來，卻因為安排得用心，反而顯得特別具有說服力。

〈虯髯客傳〉顯現主題的手法和〈圓觀〉有些類似，它的關鍵語是虯髯客和李世民第一次見面所說的：

> 真天子也！

只有短短的四個字，也是出現在整篇的當中。在沒見到李世民之前，虯髯客有心逐鹿中原，所以他曾問李靖：

> 亦聞太原有異人乎？

又對李靖解釋：

> 望氣者言太原有奇氣。

他多麼希望「異人」、「奇氣」就是指著他自己，但是他失望了。第二次和李

〔註9〕汪國垣《唐人傳奇小說集》引宋張洎《賈氏談錄》云：「世傳〈周秦行紀〉，非僧孺所作，是德裕門人韋瓘所撰。開成中，曾為憲司所氎，文宗覽之，笑曰：『此必假名，僧孺是貞元中進士，豈敢呼德宗為沈婆兒也。』事遂寢。」見頁155。

世民見面的情況更是讓他絕望：

> 道士一見慘然，下棋子曰：「此局輸矣！於此失卻局，奇哉！救無路
> 矣！知復奚言！」罷弈請去。既出，謂虬髯曰：「此世界非公世界。
> 他方可圖。勉之，勿以為念。」

主題已漸漸露出，後來虬髯以所有家財贈予李靖，又說：

> 太原李氏，真英主也。三五年內，即當太平。……

主題幾乎已經表明，最後作者的議論：

> 乃知真人之興也，由英雄所冀。況非英雄者乎？人臣之謬思亂者，
> 乃螳臂之拒走輪耳。我皇家垂福萬葉，豈虛然哉！

可以說是像順水推舟般自然，因為即使像虬髯客那樣一個突出的人物對李世
民也要甘拜下風，等而下之的各色人等還何必動什麼政治腦筋呢！

〈步飛煙〉的關鍵語倒是出現在篇末，步飛煙臨死說的那句：

> 生得相親，死亦何恨！

作者皇甫枚其實是很同情步飛煙的，我們可以從他安排李生暴斃的下場（李
生譏刺飛煙不能像綠珠那樣為石崇守節）和篇末的議論看出，議論是這樣的：

> 噫！豔冶之貌，則代有之矣；潔朗之操，則人鮮聞。故士矜才則德
> 薄，女衒色則情私。若能如執盈，如臨深，則皆為端士淑女矣。飛
> 煙之罪，雖不可逭，察其心，亦可悲矣！（此據汪國垣《唐人傳奇
> 小說集》，《廣記》無此論）

皇甫枚對飛煙雖有求全之責，還是不免為她感到可悲。

五、毀謗、諷刺、影射等特殊方法

〈上清傳〉是為竇參洗冤而寫的，雖然與歷史不符，卻有很強烈的煽動
性。作者柳珵安排上清發現刺客，竇參自知大禍臨頭，於是囑咐上清：

> 吾身死家破，汝定為宮婢。聖君若顧問，善為我辭焉。

提供了一條故事發展的線索，後來上清果然在德宗面前為主人雪冤。

這篇傳奇的主題除了為竇參洗冤外，應該也有誣蔑陸贄的用意，這點可
從下列各句看出：

> 陸贄久欲奪吾權位。
>
> 樹上君子應是陸贄使來。
>
> 此悉是陸贄陷害，使人為之。

作者柳珵對陸贄毫無好感，一味地詆毀。如果不明瞭陸贄是唐代賢相，單看
這篇文章，很可能就以爲陸贄是卑鄙奸險的小人。尤其篇末還特別說：

> 世以陸贄門生名位多顯達者，世不可傳說，故此事絕無人知。

更給人一種神祕感，彷彿這一切都是事實，卻被人故意掩蓋似的。

〈補江總白猿傳〉是一篇別有用心的作品，敘述歐陽紇的妻子被猿妖竊
去，後來生下一個兒子。篇中沒有說這個兒子的名字，只說他「文學善書，
知名於時」，但大家一看就知道是指歐陽詢，因爲歐陽詢長得很像猿猴。這篇
傳奇表面是寫白猿，其實是在交代其子的來歷，因而達到譏諷歐陽詢長相的
目的。不過因爲故事本身很動人，所以不仔細深究的話，可能根本想不到作
者還有這一層用意。

〈張老〉是譏諷唐代婚姻制度的。張老只是一名園叟，年高位低，卻想
娶揚州曹掾韋恕之女，被媒嫗大罵一頓。但後來韋恕竟爲了五百緡嫁女予張
老，而且一再接受張老的接濟。這篇傳奇的主題是譏刺士大夫空有門第觀念，
卻敵不過物質貪欲；而眾人瞧不起的張老夫婦，竟是生活富裕的仙人；諷刺
性極爲強烈。

〈浮梁張令〉表面上是寫張令食言而肥、自致惡果。但文中對仙官劉綱
和金天王都極盡譏刺之能事，如黃衫言：

> 某昨聞金天王與南嶽博戲不勝，輸二十萬，甚被逼逐。足下可詣嶽
> 廟，厚數以許之，必能施力于仙官。……

又如張令懇求仙官劉綱代上奏章，劉綱先怒後喜的嘴臉：

> 令哀祈愈切，仙官神色甚怒。俄有使者，齎一函而至，則金天王之
> 書札也。仙官覽書笑曰：「關節既到，難爲不應。」

把金天王寫成貪贓枉法的博徒，把仙官劉綱寫成是依阿權勢的訟棍，和人間
的官僚作風沒有兩樣，難怪王夢鷗先生要說「使後世人猶得見晚唐政治之窳
敗如在目前」〔註10〕了。

和〈浮梁張令〉一樣，〈董愼〉也有嘲諷冥府仙官的意味。先是請凡人董
愼到太山府判案，董愼又推薦張審通撰寫判狀。董愼大公無私，張審通的狀
子就以「天本無私，法宜畫一」爲論，反對爲太元夫人三等親的令狐寔減刑。
結果天曹大爲不滿，府君也受到連累，張審通再寫一份狀子，仍堅持原判，
天曹才終於同意。府君本身缺乏判斷是非的能力，不得不託請董、張協助判

〔註10〕見其《唐人小說校釋》上冊，頁251。

案，但天府降罪下來，他就立刻處罰張審通：

> 府君大怒審通曰：「君爲判詞，使我受譴。」即命左右，取方寸肉塞
> 其一耳，遂無所聞。

後來天符加賞給府君，府君的態度也爲之丕變：

> 府君即謂審通曰：「非君不可正此獄。」因命左右割下耳中肉，令
> 一小兒擘之爲耳，安於審通額上，曰：「塞君一耳，與君三耳，何
> 如？」

作者牛僧孺有意藉此種玩笑式的作爲諷刺府君無德無才，同時也可能是影射
朝廷對訟案經常有偏袒不私等情事。

〈徐玄之〉（《廣記》卷四七八）所諷刺的對象是蚍蜉國的昏主和庸臣。
蚍蜉國王不反省自己教子無方，反而責怪徐玄之欺凌王子。忠言苦諫的馬知
玄竟遭斬首的厄運，幸賴草澤蟁飛上疏才洗雪了寃屈。蚍蜉王後來雖然赦了
徐玄之的罪，但已遲了一步，他終於把國家斷送在自己的愚昧上。作者寫這
樣一個故事很可能是有感而發，因爲現實政治中把佞臣當忠臣、忠臣當奸臣
的昏主太多了，更遑論有多少直言進諫反遭丢官喪命的例子了。

寫和狐妖婚媾不成的〈王知古〉，主題也很值得商榷。這篇一開始是寫盧
龍軍節度使張直方的跋扈，連朝廷也對他莫可奈何，只有一再優容。然後重
心轉到王知古身上，寫王知古差點做了狐妖的女壻，但因爲一件短皀袍揭出
他和張直方的關係，被揮趕出門。當王知古氣急敗壞地向張直方報告，

> 直方起而撫髀曰：「山魈木魅，亦知人間有張直方耶？」

於是大批人馬由王知古帶路，找到十幾個大冢，獵獲了百餘頭大小狐狸。故
事結束後有一段議論：

> 三水人曰：嗟乎！王生。生世不諧，而爲狐貉所侮，況其大者乎！向
> 無張公之皀袍，則強死於穢獸之穴也。余時在洛敦化里第，於宴集中，
> 博士渤海徐公讜爲余言之。豈曰語怪，亦以摭實，故傳之焉。〔註11〕

王夢鷗先生以爲這段文字「於王知古、張直方，不無惋惜與感謝之意。然閱
其全文，既不諱言張直方之放恣暴虐與王知古之怯懦無能，則其所言適與其
論旨相違。」〔註12〕張友鶴則認爲此篇的主題是在「反映當時藩鎮的專橫跋
扈，蹂躪百姓。作者極力渲染鳥獸精怪都異常畏懼張直方，只是有意作爲陪

〔註11〕《廣記》無此段議論文字。此據汪國垣《唐人傳奇小說集》，頁292。
〔註12〕見其《唐人小說校釋》上冊，頁355。

襯之筆。」〔註 13〕皇甫枚的這段議論文字力量的確是薄弱了一些，他的目的應該不僅僅是「摭實傳之」而已，所以張友鶴的判斷很可能是對的。假如他的說法可取，那本篇表達主題的迂迴技巧就更高明了。

〈裴少尹〉（《廣記》卷四五三）可說是一篇有趣又諷刺的傳奇。篇中三位先後上門來爲裴少尹之子看病的術士，居然互相攻訐、鬥毆，最後都現出狐狸的原形而被裴少尹鞭殺。裴少尹之子的病也在旬月後痊癒。這篇傳奇沒有議論的文字，但它的主題不難推測出來，不外是譏刺庸醫不學無術、品德低劣。如第一位高生治好了裴子原來的病，卻又引起神魂不足等其他的毛病，第二位王生見了高生就罵妖狐；等道士出現，二人又罵道士是妖狐。三人只知互揭瘡疤，卻不肯好好爲人治病。作者讓他們三個都變成狐狸，正是譏刺他們是「一丘之貉」啊！

前面已提過的〈周秦行紀〉可能也有影射的意圖，因爲篇中有「沈婆兒作天子」和昭君侍寢的事。劉開榮說：

> 如仔細考查沈后與昭君的傳記，便知二人的身世有很多相同的地方。作者的主要用意是暗暗把昭君影射沈后。按沈后在安史亂時，曾兩度失身於胡人（見《新唐書‧卷七七‧沈后傳》）。昭君嫁給番國之君，後其君死，又嫁其子。所謂沈后者、昭君者，明明都是影射著一個婦女失節的問題。……牛僧孺本人，及明白牛家底細的人，一讀〈周秦行紀〉，自會領悟作者的用意。蓋從牛母的行爲來觀察，牛家一定是出身寒微無疑（按牛自稱隋司空牛宏之後）。作小說的人，故意影射牛家私事，以圖中傷，藉以減低牛僧孺的社會地位，更進而損害其政治地位。〔註 14〕

韋瓘製作〈周秦行紀〉的目的，必須參看〈牛羊日曆〉及〈周秦行紀論〉等篇才能做正確的判確，此處不擬贅述。但我們從劉開榮的分析中已經可以明瞭，韋瓘的確是使用了影射等方法來打擊牛僧孺的身分地位。

第二節　五篇傳奇的主題討論

前節已論述了五種唐傳奇表現主題的方式，但有些名篇的主題並不單

〔註13〕見其《唐宋傳奇選》，頁 167。
〔註14〕見其《唐代小說研究》，頁 44～45。

純，值得加以分析。如〈定婚店〉、〈李娃傳〉和〈霍小玉傳〉的主題與其結構、人物有密切關係，而〈鶯鶯傳〉及〈紅綫〉又有反主題的矛盾現象，所以在此節特別提出來討論。

一、定婚店

篇幅很短的〈定婚店〉，是由月下老人的「赤繩論」揭開題旨的：

> 赤繩子耳。以繫夫婦之足。及其生，則潛用相繫，雖讎敵之家，貴賤懸隔，天涯從宦，吳楚異鄉。此繩一繫，終不可逭。君之腳，已繫於彼矣。他求何益？

但仍要等韋固派人刺殺三歲陋女，又經十四年與王泰女成婚，印證了月下老人的預言，使韋固不得不承認是「奇也。」然後才算把主題交代清楚。

我們可以條列出〈定婚店〉的主題成功是靠：

（一）月下老人的赤繩論。

（二）符合赤繩論的情節發展。

（三）「奇也。」（關鍵語）

（四）乃知陰騭之定，不可變也。（篇末議論）

四個步驟完成的，因為情節安排得很緊密，所以這種命定思想的主題顯得很有力量。樂師蘅軍在〈唐傳奇的意志世界〉中雖然強調「唐人傳奇故事是如此毫不猶疑的只選擇和固定在意志的這一端」，〔註15〕卻又不得不加一條但書：就以汪辟疆《唐人傳奇小說集》所選六十八個「唐稗嘉篇」看，其中只有〈定婚店〉一篇是含有「命定」的意味。〔註16〕可見〈定婚店〉在主題的表達上確實不同凡響。

二、李娃傳

〈李娃傳〉的篇幅比〈定婚店〉長得多（約為〈定婚店〉的三倍），情節也複雜得多，但真正與表達主題關係密切的部分，也只是從李娃決心收容滎陽生開始（此處主題是以作者白行簡於篇末所言者），約占全篇的四分之一左右。表現的步驟是：

（一）李娃以繡襦擁滎陽生歸於西廂（動作）。

〔註15〕《臺靜農先生八十壽慶論文集》，頁846。
〔註16〕同前註。

（二）李娃斂容卻睇曰……（議論）。

（三）李娃照顧滎陽生、督促他讀書應舉。

（四）李娃有意功成身退。

（五）李娃婦道甚修，治家嚴整。

（六）李娃封汧國夫人。

所以篇末白行簡讚歎李娃：

> 嗟乎，倡蕩之姬，節行如是，雖古先烈女，不能踰也。焉得不爲之歎息哉！

就〈李娃傳〉本身來說，要表揚像李娃這個女子的目的是達到了，但白行簡作〈李娃傳〉的目的是否就是如此呢？衡諸唐代的婚姻制度、階級觀念，滎陽公眞會依照六禮迎娶李娃做兒媳婦嗎？的確教人懷疑，所以劉開榮說：

> 唐人以妾爲妻，尚被認爲觸犯名教破壞禮法，堂堂的滎陽鄭家又豈能娶娼女爲妻？所以由各方面的情形來推測，作者寫〈李娃傳〉決不是尋常寫小說而已，他必定有令人不解的特殊動機和不能言的隱衷。……白行簡本來是當時的第一流小說寫作家，他在憤懣之餘，藉寫小說，並編一個故事，表面上寄與男女主角無限的同情，實際上則暗暗影射某一個或某些貴族，誣衊他們是娼女的兒子，以事報復，是很可能的。〔註17〕

劉氏以爲白行簡是因哥哥白居易作〈新井〉詩被政敵陷害，才憤而寫作〈李娃傳〉來報復。這種說法頗有捕風捉影之嫌，戴望舒先生已經辯證得十分詳盡。〔註18〕但不可否認的，〈李娃傳〉的喜劇收場，在唐傳奇中確實非常特殊，如果我們不相信白行簡是爲了報復，那他也有可能是單純地根據〈一枝花話〉寫成小說。如果白行簡眞是爲小說而小說，那麼〈李娃傳〉的主題就可如同篇末的議論一般。因爲小說雖然是反映現實生活的，但也可以領先現實生活、突破現狀。進士如娼妓結婚在現實生活中不被允許，但在小說中作者卻有權利如此安排。所以葉師慶炳說：

> 〈霍小玉傳〉之主題止於攻擊唐代社會風氣，而本文則更大膽提出打破階級觀念，倡導進士與倡妓通婚之主張。……李娃之節行既非

〔註17〕見其《唐代小說研究》，頁58～60。

〔註18〕詳見戴望舒先生撰，〈讀李娃傳〉（巴黎大學附屬漢學研究中心，《漢學論叢》），頁24。

一般高門女子所能及，爲何不能與生正式結合？故本文之喜劇收

場，純爲作者之理想。〔註19〕

〈李娃傳〉的主題引起諸多爭執，事實上也可以說是白行簡的成功。白行簡
使用的方法是讓李娃悔改，變成一位集理智、聰慧、體貼、溫柔於一身的完
美女性，使讀者不得不認同她，覺得滎陽生應該娶她爲妻，她應該被封爲汧
國夫人，同時也進一步醒悟到唐代婚姻制度的不合理。換句話說，白行簡是
利用人物刻畫來達到主題的成功。

三、霍小玉傳

〈霍小玉傳〉的主題完全是隨著情節發展自然形成的。小玉因爲身在娼
門，對李益始終採取低姿態，從初夜流涕到八歲之求，在在顯示她委曲求全
的苦心。李益雖一再應允動輒海誓山盟，最後卻來個避不見面、不相聞問。
蔣防花了很多篇幅描寫二人分手後的情形，所謂「風流之士，共感玉之多情；
豪俠之倫，皆怒生之薄行。」實在是蔣防的心聲，也是讀者都同意的見解。
最後小玉雖然含冤而死，李益卻也惡有惡報，妻妾不寧，至於三娶。這篇主
題表面上是譴責李益的薄倖；但很可能也是對當時婚姻制度的抨擊——士子
爲了政治前途，不得不犧牲愛情，另娶高門女子爲妻。下面一段文字，尤其
可以看出此種陋習：

未至家日，太夫人已與商量表妹盧氏，言約已定。……盧亦甲族也，

嫁女於他門，聘財必以百萬爲約，不滿此數，義在不行。生家素貧，

事須求貸，便托假故，遠投親知，涉歷江淮，自秋及夏。

李益負心雖然可惡，但他也是時代潮流下的可憐蟲。

蔣防表達主題的技巧非常高明，第一，〈霍小玉傳〉裏完全沒有議論或寫
作緣由之類的廢筆；第二，他善用「一些穿插，作陪襯和烘托的功夫，使『主
題』更加深刻。」〔註20〕這些穿插包括老玉工的感慨、公主的贈金和韋夏卿
的勸言等，最精采的當然是黃衫客劫持李益一節，劉開榮分析說：

如在小玉死前，又穿插一個豪俠少年出來打不平，盡力拉攏男主角

和女主角作最後一次會面，並且還義助酒肴，他的這種仗義的行爲，

是含有高度的挑撥性的，因爲不但刺激讀者對於女主角的深度同

〔註19〕 葉師慶炳，《中國文學史》上冊，頁392。
〔註20〕 詳見劉開榮，《唐代小說研究》，頁81。

情，並且還加重男主角的負義無情，更增進讀者對他的憎恨。〔註21〕

再看〈霍小玉傳〉的末段，寫李益遭到報應猜忌妻妾等事，不少人都認為這是一段蛇足，破壞了全篇悲劇的美感。〔註22〕但不可否認的，這段文字卻是表達主題的關鍵之一。蔣防為什麼要加上這種醜陋可怕的描寫呢？宋人陳振孫就曾提出疑問，〔註23〕王夢鷗先生也說：

> 按霍小玉的故事來平心省察，李益的負心，實猶不及後來張生之對付崔鶯鶯那樣惡劣。追慕高門的婚姻，本是那時士子的風習，張生之逃婚別娶，據說「時人多許張爲善補過者」（見〈鶯鶯傳〉）。何以完全相同的行爲，而李益卻要受到那樣嚴酷的報復？〔註24〕

> 依李益本傳的記事層次看來，他於元和初從河北召回京師，猛轉三官，已夠旁觀者眼紅，加以他的性格豪獷，又有疑心疾，因而在京的職位上，時常凌忽同僚，至於眾不能容忍的地步，好事者便從而揭發他早年的家庭糾紛，寫成不朽的文學作品〈霍小玉傳〉，而這小說既經風行，於是真僞混糅，差不多便成爲定案了。然而，單看〈霍小玉傳〉對於閨閣細事能寫得那樣明白，而關於李益的官場經歷，以及中年晚年的遭際，反而沒有提起，根據這一點：一則可知這〈霍小玉傳〉出於造謠中傷者多；二則可知造這謠的，並非在李益晚年，尤其不是在他死後。〔註25〕

也就是說蔣防確實有意安排這樣一段文字，表面上是對李益負心的懲罰，其實就是要醜化李益，讓讀者憎惡他、鄙視他，好達到他中傷李益的目的。當然，這種安排也的確把〈霍小玉傳〉的主題表現得更圓滿了。

四、鶯鶯傳

〈鶯鶯傳〉的主題是什麼？這恐怕是一個很難回答的問題。雖然〈鶯鶯

〔註21〕同前註。

〔註22〕如朱昆槐撰，〈一篇不平凡的唐朝小說——「霍小玉傳」試評〉（收於臺北：巨流圖書公司，《中國古典文學研究叢刊，小說之部（二）》即主此說；另鄭明娳撰，〈霍小玉傳評介〉《新文藝》第二○九期）也說：「這篇小說最好是在小玉『長慟號哭，數聲而絕』處打住，則餘味就更溫人心腸了。」

〔註23〕其《直齋書錄解題》（臺北：商務印書館）卷一九，〈李益集二卷條〉云：「豈小玉將死訣絕之言果驗耶？抑好事者因其有此疾，遂爲此說以實之也？」

〔註24〕見其《唐詩人李益生平及其作品》（臺北：藝文印書館），頁23～24。

〔註25〕同前註，頁26～27。

傳〉中有一大段張生的議論——忍情說，故事結束後也還有這麼幾句話：

> 時人多許張爲善補過者。予常於朋會之中，往往及此意者，夫使知
> 者不爲，爲之者不惑。

好像元稹是希望大家能做一個「知者」，不要像張生一樣去招惹了一個尤物；或者做一個「不惑者」，假使不幸已經招惹了，就要像張生一樣趕緊慧劍斬情絲。但這實在是說不太通的，因爲我們看〈鶯鶯傳〉裏，張生做了一個錯誤的示範，他還得意洋洋；他在棄絕鶯鶯之後，又寄信送東西給她；鶯鶯已經嫁給別人，他還要求以外兄相見；凡此種種，莫不呈現著矛盾。所以筆者以爲此篇實有「反主題」的傾向。

什麼叫做「反主題」呢？

> 作者設計的故事情節，往往會出現破壞主題，或形成重大疑問等情
> 況，這種現象，可稱之爲「反主題的情況」。〔註26〕

雖然陳寅格先生的〈讀鶯鶯傳〉已經幫我們解開了很多疑竇，王夢鷗先生也發現〈鶯鶯傳〉有模仿〈長恨傳〉的痕跡，〔註27〕但元稹對〈鶯鶯傳〉情節設計中的矛盾依然存在。元稹是一流的詩人和古文家（所以〈鶯鶯傳〉的辭采爲唐傳奇之冠），卻不是一流的小說家，劉開榮就說過：

> 先就形式來說，〈鶯鶯傳〉還是「古文家」在試驗期間的作品，仍保
> 持許多對於佛教小說的模擬。譬如中間插入一首三十韻的〈會眞
> 詩〉，後面又由作者跑出來，說出一段迂腐的議論。這些如以近代的
> 小說條件來說，都是些破壞藝術完整性的贅疣，然而在初盛期的「古
> 文家」看來，則是一篇完美的典型小說。〔註28〕

劉氏對〈鶯鶯傳〉所指出的缺點，間或也出現在其他唐傳奇中，並不足爲奇；只因爲〈鶯鶯傳〉是名篇，傳誦弗衰，所以才特別受到注意。然而筆者以爲〈鶯鶯傳〉最令人詬病的還是它的反主題情況。

因爲元稹一開始把女主角鶯鶯寫得那麼完美：既美麗端莊又精通詩文琴藝，張生見了她「行忘止，食忘飽」，想盡辦法去追求她。可是後來卻把她比爲禍國殃民的妲己、褒姒，說她是妖孽、尤物，實在令人不解。鶯鶯唯一的缺點

〔註26〕李喬，《小說入門》，頁40。
〔註27〕王先生以爲張生的忍情說是模仿〈長恨傳〉的「懲尤物，窒亂階」，因而懷疑〈鶯鶯傳〉是受〈長恨傳〉的影響才作的，成篇的時間也應相去不遠。詳見《唐人小說校釋》上冊，頁99～100。
〔註28〕見其《唐代小說研究》，頁81。

是「自獻之羞」，但這項缺點也是張生一再挑逗才造成的，張生如果是嫌棄這點而不娶鶯鶯倒也還說得過去，〔註29〕但也不必給鶯鶯冠上那麼嚴重的罪名啊！

難怪到金朝董解元寫《西廂記諸宮調》的時候，就把結局改成大團圓，後來的各種《西廂記》都是如此。想來是那些劇作家不明白忍情說的真正含義，同時也不忍心讓楚楚可憐的鶯鶯被張生遺棄吧！

五、紅綫

〈紅綫〉一篇的主題，應該是暴露唐末藩鎮間傾軋的劇烈。這是一個很大的題目，作者袁郊卻從比較輕鬆的角度去寫，安排身懷絕技的奇女子紅綫，去盜取魏博節度使田承嗣的枕前金合，因而擊垮了田承嗣移鎮山東的野心，平息了一場即將爆發的大戰。篇中並沒有直接譴責藩鎮的跋扈（如不直說田承嗣囂張，反而寫他因患熱毒風，不得不設法移鎮），只是用冷冷的筆調寫出薛嵩、田承嗣、令狐彰諸鎮面和心不和的實情，讓讀者想見其餘。就此點而言，本篇的主題表達是非常成功的。

另外紅綫的佛道兩教思想也很濃厚，紅綫請求主人薛嵩讓她去一趟魏郡，說是：

> 今一更首途，三更可以復命。

後來她果然是「夜漏三時，往返七百里」，可見紅綫有道教飛行術的本領；而且她出發時，「胸前佩龍文匕首，額上書太一神名」，足證紅綫是信奉道教的。等紅綫到了田承嗣帳內，盜取的金合內寫著「生身甲子與北斗神名」，這可以說是田承嗣的護身符，卻仍然被紅綫輕鬆地偷走，這種安排似乎有破除迷信的用意，但紅綫本身也是道教徒，這裏就出現了矛盾，造成了反主題的情況。

篇末寫紅綫功成不居，飄然遠引，留下餘音，是非常動人的結束法。但紅綫向薛嵩辭行的理由竟是佛家的輪迴之說：

> 某前世本男子，遊學江湖間，讀神農藥書，而救世人災患。時里有孕婦，忽患蠱癥，某以芫花酒下之。婦人與腹中二子俱斃。是某一舉殺其三人。陰司見誅，降爲女子。使身居賤隸，氣稟凡俚（賊星），……昨往魏邦，以是報恩。兩地保其城池，萬人全其性命，使亂臣知懼，烈士安謀。在某一婦人，功亦不小。固可贖其前罪，還

〔註29〕葉師慶炳即認如此，詳見〈崔鶯鶯的愛情歷程〉一文，收於《中國古典小說中的愛情》，頁53～54。

其本形。便當遁跡塵中，棲心物外，澄清一氣，生死長存。

一個道教徒口中竟吐出前世今生、贖罪還身之說，這也是相當不合常情的。紅綫盜合成功，是依恃著道教的神通；而她所以會如此做，卻又建立在佛教的因果論上。作者袁郊可能是想援引佛道之說來豐富本篇的內容，造成神祕詭異的氣氛，殊不知宗教思想複雜的結果，反而造成讀者莫所適從的困惑，到底本篇的副主題是宣揚道教還是闡釋佛理呢？

第四章　唐傳奇景物等描寫的技巧

　　以內容而言，一篇小說最能引人入勝的應該是人物和情節，其次才是時代背景以及發生的地域等。有些小說的作者著力描寫特定的時空，使讀者產生彷彿身歷其境的感覺；但也有的作者只是把時空背景簡單地幾筆帶過。我們不能說前者一定勝過後者，但適當地運用時空描寫可以造成綠葉襯牡丹的效果，則是毋庸置疑的。

　　在唐傳奇這方面，有關時代和地域背景的考證論述已經非常詳盡了。汪國垣、劉開榮、王夢鷗等幾位先生都饒有成就，這裏不必贅述。現在只從寫作技巧的觀點來看唐傳奇的景物等描寫，分為場景〔註1〕、器物二節加以討論，氣氛則列為附錄。

第一節　場景

　　唐朝以前的小說很少有場景描寫，像陶淵明〈桃花源記〉那樣大肆渲染桃花源美麗風光的，更是絕無僅有。這大概和筆記小說篇幅短小、內容又多敘鬼怪有關。到了唐傳奇，篇幅擴大，內容也從神鬼怪異伸入日常生活，所以場景描寫就逐漸普遍起來。有些是三言兩語很自然地夾雜在全文當中，也有的就可以看出是運用了一點匠心，希望達到某種效果的。還有極少數的幾篇，如〈遊仙窟〉，寫景占去了相當多的篇幅，表現細膩而考究，更是唐傳奇描寫技巧的一大進步！

〔註1〕討論小說理論的各書對此一名詞或作景物，或作風景、場景、劇景、處景，相當於英文的 scence 或 scenery，本章為了便於討論，以景物涵蓋「場景」和「器物」。

　　通常成功的場景描寫有製造故事氣氛、顯示人物心理及配合情節發展等作用。唐傳奇是我國最早注意到場景描寫的，寫得不好讀來可有可無的固然不少，寫得突出頗具效果的也可以找到一些，下面就舉些實例來說明：

一、製造氣氛

　　〈補江總白猿傳〉寫歐陽紇失妻的那個夜晚是這樣的：

> 爾夕，陰雨晦黑，至五更，寂然無聞。

三兩句話就把神祕詭異的氣氛表現出來了。惡劣的天氣正是失妻的徵兆，而且「門扃如故，莫知所出」，真是奇怪呀！過了一個多月，歐陽紇在百里外撿到妻子一隻繡履；又過了十幾天，他發現離所舍二百里處別有天地：

> 南望一山，蔥秀迴出。至其下，有深溪環之，乃編木以渡。絕巖翠
> 竹之間，時見紅綵。聞笑語音。捫蘿引絙，而陟其上，則嘉樹列植，
> 間以名花；其下綠蕪，豐軟如毯。清迴岑寂，杳然殊境。

這段景色的描寫，非常亮麗明朗，顯示歐陽紇有尋獲妻子的可能，氣氛也和失妻的那個夜晚完全不同。

　　〈紅綫〉中紅綫追述盜合的歸途，見到

> 銅臺高揭，漳水東流；晨雞動野，斜月在林。

雖只有短短四句，卻是慧心的安排，因為這時紅綫的任務已經達成，她才有閒暇注意到周遭的景色。而且此處表現的是輕鬆的氣氛，和先前扣人心弦的緊張大異其趣。這也是作者袁郊技巧高妙的地方。

　　〈郭元振〉篇開頭寫郭元振夜行迷了路，循著燈火光找到一座宅子，進去一看，

> 廊下及堂上，燈燭熒煌，牢饌羅列，若嫁女之家，而悄無人。

頗有一種神祕的氣氛，很能引起讀者的興趣。

　　又如〈白皎〉（《廣記》卷七八）描寫白皎為樊宗仁行「禁」時，有這樣一段：

> 因薙草剪木，規地為壇，仍列刀水，而皎立中央。夜闌月曉，水碧
> 山青，杉桂朦朧，溪聲悄然。

把做法術那種神祕氣氛和優美的月夜山景融合在一起，產生一種莊嚴的美感，也是相當難得的。

　　鬼怪故事最需要場景來襯托情節或醞釀氣氛，像〈寶玉〉這篇，寶玉住

的房子本來是：

　　　　獨牀上有褐衾，牀北有破籠，此外更無有。

後有王勝、蓋夷聞到異香，驚起尋找，竟變成

　　　　屏幃四合，奇香撲人，雕盤珍膳，不可名狀。

前後景致迥異，原因就在後者有女鬼在場，前者沒有。這一場祕密被王勝、蓋夷兩人窺破後，前邊寶玉拒絕他們的求宿也就可以理解了。

　　〈白蛇記〉也是用類似的手法，只是它前面沒有詳述白衣女的住處，後來也只說：

　　　　空園有一皂莢樹，樹上有十五千（錢），樹下有十五千（錢）。

給人的感覺更爲強烈，因事情至此已經眞相大白了。

　　〈薛弘機〉和〈白蛇記〉的寫法如出一轍：

　　　　是夜惡風發屋拔樹。明日魏王池畔有大枯柳，爲烈風所拉折，其內
　　　　不知誰人藏經百餘卷，盡爛壞，……內唯無《周易》。

只是別有一番淒涼的氣氛罷了！

　　內容極爲駭人的〈李咸〉（《廣記》卷三三七），背景是夏夜，

　　　　時夏月，……三更後，雲月朦朧，……庭木蔭宇蕭蕭然。

給人很優美自然的感覺，所以當廚屏間有位婦人出現的時候，讀者和王容一樣，根本沒想到她是那麼可怕。這當然是作者匠心獨運，利用場景和人物造成懸疑性的緣故。

　　〈陳季卿〉寫得如眞似幻，景物的經營功不可沒：

　　　　（翁……乃命僧童折堦前一竹葉，作葉舟，置圖中渭水之上，曰：「公
　　　　但注目此舟，則如公向來所願耳。然至家愼勿久留。」季卿熟視久
　　　　之，稍覺）渭水波浪，一葉漸大，席帆既張，（恍然若登舟，始自渭
　　　　及河，維舟于禪窟蘭若，……。）

目視竹葉則景物自出，實在太玄奇了！但這正是情節的動人處，也是詭異氣氛的來源。

　　前已提及的〈狄惟謙〉有一段非常戲劇性的場景，那就是當晉陽令狄惟謙杖殺了幷州女巫後，

　　　　時砂石流爍，忽起片雲，大如車蓋，先覆惟謙立所，四郊雲物會之，
　　　　雷震數聲，甘雨大澍，原野無不滂流。

看起來像是老天動怒，其實這正是一場化解危機和苦旱的及時雨。那片大如

車蓋的雲不偏不倚先覆「惟謙立所」，真是大快人心！這段景致的描寫既是情節發展的關鍵，又能改變原本緊張的氣氛，代之以和諧與希望。

以場景來狀寫音樂的震撼力也可以在唐傳奇中看到：

> （清音激越，遐韻泛溢，五音六律，所不能偕。曲未終，）風濤噴騰，雲雨昏晦，少頃開霽，（則不知叟之所在矣。）（〈李子牟〉，《廣記》卷八二）

> （李生拂笛，漸移舟於湖心，）時輕雲蒙籠，微風拂浪，波瀾陡起。
> （李生捧笛，其聲始發之後，）昏曀齊開，水木森然，髣髴如有鬼神之來。（〈李謩〉，《廣記》卷二○四）

前者是該篇的結尾，帶出極神祕的氣氛，精通笛藝的叟就此不知去向。後者純粹在寫音樂的力量，比較起來似乎各有千秋。

二、襯托人物的個性及動作

場景描寫可以襯托出人物的性格和遭遇，也可以提示或暗示人物的身分和動作。如〈紅綫〉篇紅綫口述在田承嗣的寢所，見田於帳內敲（鼓）趺酣眠，

> 頭枕文犀，髻包黃縠，枕前露一星劍。劍前仰開一金合，合內書生身甲子與北斗神名。復以名香美珍，散覆其上。……時則蠟炬煙微，爐香燼委，侍人四布，兵器交（森）羅。

可以看出田承嗣防備嚴密，而且篤信道教。至於紅綫能在「侍人四布、兵器交（森）羅」之地來去自如，更足證她武藝高強了。

〈紅綫〉另有一處用聲音描繪景物的變化，也很精采：

> 忽聞曉角吟風，一葉墜露，驚而試問，即紅綫迴矣。

同時還帶出人物的動作，簡潔到無以復「減」的地步。劉瑛評「曉角吟風，一葉墜露」如「列子的御風而行，『泠然善也。』極盡柔媚之美。」[註2]洵非過譽。

又如寫鬼的〈李章武傳〉，王氏子婦要出現之前：

> 至二更許，燈在牀之東南，忽爾稍暗，如此再三。章武心知有變，因命移燭背墻，置室東南（西）隅。旋聞室北角悉窣有聲，如有人形，冉冉而至。

[註2] 見其《唐代傳奇研究》，頁103。

描繪得十分細膩，用燈光的變化和聲響，慢慢帶出人（鬼）的動作。讀之如聞其聲、如見其形。

〈杜子春〉裏有一段場景和動作關係非常密切，因為它全是幻象的描寫，好像今天的武俠神怪電影的畫面：

> 道士適去，旌旗戈甲，千乘萬騎，徧滿崖谷，呵叱之聲，震動天地。有一人稱大將軍，身長丈餘，人馬皆著金甲，光芒射人。……俄而猛虎、毒龍、狻猊、獅子、蝮蠍萬計；哮吼拏攫而爭前，欲搏噬，或跳過其上。……既而大雨滂澍，雷電晦暝，火輪走其左右，電光掣其前後，目不得開。須臾，庭際水深丈餘，流電吼雷，勢若山川開破，不可制止。瞬息之間，波及坐下。……引牛頭獄卒，奇貌鬼神，將大鑊湯而置子春前。長槍兩叉，四面週匝。……于是鎔銅鐵杖、碓擣磑磨、火坑鑊湯、刀山劍術之苦，無不備嘗。……

場景中夾著複雜多變的動作及聲音（或者應稱為音效）。大家明知道這一切都是假的，是杜子春必須通過的考驗，卻仍不免觸目心驚，畢竟李復言寫得太生動緊湊了。

〈鶯鶯傳〉裏崔鶯鶯寫的那首〈明月三五夜〉；

> 待月西廂下，迎風戶半開。
>
> 拂牆花影動，疑是玉人來。

裏面也有場景描寫，而且是接下去「崔之東有杏花一株，攀援可踰。既望之夕，張因梯其樹而踰焉。達於西廂，則戶半開矣」的先聲。場景與動作的密切聯繫相當巧妙。

〈張逢〉篇一開始就有非常動人的風景描寫：

> 時初霽，日將暮，山色鮮媚，烟嵐靄然。（策杖尋勝，不覺極遠。）忽有一段細草，縱橫廣百餘步，碧蒻可愛。其旁有一小樹，（遂脫衣掛樹，以杖倚之，投身草上，左右翻轉。既而酣甚，若獸蹳然，意足而起，其身已成虎也，文彩爛然。）

張逢在旅遊時所見的景色，竟是他化身為虎的誘因，不能不讓人佩服李復言設想的周到。所以後來張逢回復人形，也仍然是「翻復轉身於其上（碧草之上）」才成功的。與〈張逢〉異曲同工的是〈薛偉〉，薛偉在死而復蘇後追述他化為赤鯉的經過：

> 漸入山，山行益悶，遂下遊於江畔。見江潭深淨，秋色可愛；輕漣

不動，鏡涵遠虛。（忽有思浴意，遂脫衣於岸，跳身便入。）……

也是受了美景的誘惑，才入水游泳，又因覺得「人浮不如魚快」，聽河伯宣詔後變爲魚服。

三、協助情節發展

唐傳奇有助於情節發展或推動事件的場景描寫也不少，如〈李娃傳〉寫李娃把滎陽生騙到姨母家，見西戟門偏院中，

有山亭，竹樹蔥蒨，池榭幽絕。

幾句簡單的風景描寫，可以看出此處不是尋常百姓的宅子。所以滎陽生會問：「此姨之私第耶？」他雖然沒有懷疑李娃爲什麼要帶他到這裏來，但對這麼考究的景致多少有點奇怪。事實上這正是作者特意安排的，他對李娃這場騙局的破綻都不隱瞞。

〈鶯鶯傳〉寫張生和鶯鶯的幽會，也是用場景交代過去，只用了「斜月晶瑩，幽輝半牀」八個字，美而不淫，眞是難能可貴。

〈韋自東〉的後半內容與〈杜子春〉類似，但在前段描寫韋自東勇敢除去夜叉時，也有很細膩的場景描寫：

二僧房大敞其戶，履錫俱全，衾枕儼然，而塵埃凝積其上。……佛堂內細草茸茸，似有巨物偃寢之處。四壁多掛野麂玄熊之類，或庖炙之餘，亦有鍋鑊薪。……是夜，月白如晝。

這段描寫是和情節動作同時進行的，好像是用攝影儀器整個掃描了一番，鉅細靡遺。「月白如晝」更是成功的好兆頭，這四個字用得乾淨俐落。

寫遇狐的〈王知古〉這篇，風景描繪得很優美：

（出長夏門），則凝霰初零，由關塞而密雪如注。……及霞開雪霽，日將夕焉，……雀噪煙暝，莫知所如。隱隱聞洛城暮鐘，但彷徨於樵徑古陌之上。俄而山川暗然，若一鼓將半。長望間有炬火甚明，乃依積雪光而赴之。復若十餘里，至則喬木交柯，而朱門中開，皓壁橫互，眞北關之甲第也。

寫打獵，襯以雪景和迷途，最後則頗有「山窮水複疑無路，柳暗花明又一村」〔註3〕的味道。而所謂的「北關之甲第」到了篇末竟變成：

〔註3〕此係陸游〈遊山西村詩〉。

> 栢林下，至則碑板廢於荒坎，樵蘇殘於密林。中列大塚十餘，皆狐
> 兔之窟宅，其下成蹊。

好不駭人！不過這正是鬼怪傳奇的一貫手法。

〈南柯太守傳〉除了以夢為布局結構特別外，在場景的描繪上也頗有獨到之處。因為淳于棼在夢中所經歷的各處，最後都在發蟻穴觀察時一併呈現，可以說是「零存整付」的手法，而且給予讀者強烈的對比的震撼。妙的是李公佐對夢景與實景的描繪並不完全相同，使人不覺重複乏味。茲比較如下：

	夢　　　　景	實　　　　景
大槐安國	山川風候草木道路，與人世甚殊。前行數十里，有郛郭城堞。車輿人物，不絕於路。……朱門重樓，樓上有金書，題曰「大槐安國」。	有大穴，根洞然明朗，可容一榻。上有積土壤，以為城郭臺殿之狀。有蟻數斛，隱聚其中。中有小臺，其色若丹。……即槐安國都也。
南柯郡	雉堞臺觀，佳氣鬱鬱。……門亦有大榜，題以金字，曰「南柯郡城」。見朱軒棨戶，森然深邃。	又窮一穴：直上南枝可四丈，宛轉方中，亦有土城小樓，羣蟻亦處其中，即生所領南柯郡也。
靈龜山	國西靈龜山，山阜峻秀，川澤廣遠，林樹豐茂，飛禽走獸，無不蓄之。	又一穴：西去二丈，磅礴空朽，嵌窞異狀。中有一腐龜殼，大如斗。積雨浸潤，小草叢生，繁茂翳薈，掩暎振殼，即生所獵靈龜山也。
盤龍岡	國東十里盤龍岡。	又窮一穴：東去丈餘，古根盤屈，若龍虺之狀。中有小土壤，高尺餘，即生所葬妻盤龍岡之墓也。
檀蘿國	有檀蘿國者。	宅東一里有古涸澗，側有大檀樹一株，藤蘿擁織，上不見日。旁有小穴，亦有羣蟻隱聚其間。檀蘿之國，豈非此耶？

我們可以看出李公佐在實景部分描繪得非常細膩，像盤龍岡、檀蘿國在夢中只提及名稱，但在發穴後卻有詳盡的介紹。這些場景描寫除了可以幫助推進情節，還可以印證主題。〈南柯太守傳〉的主人翁淳于棼就是在親眼看見穴中景物後，才領悟了人生，才棄絕了酒色，而棲心道門的。

唐傳奇對於特殊地點如龍宮、仙境、冥府等的描繪，也各有特色，如〈柳毅〉中說龍宮是：

> 臺閣相向，門戶千萬，奇草珍木，無所不有。……諦視之，則人間
> 珍寶，畢盡於此。柱以白璧，砌以青玉，牀以珊瑚，簾以水精，雕

> 琉璃於翠楣，飾琥珀於虹棟。奇秀深杳，不可殫言。

著墨雖不多，但已極想像之能事。

〈崔煒〉則有較細膩的描述：

> 乃一巨穴，深百餘丈，……四旁嵌空，宛轉可容千人。中有一白蛇，
> 盤屈可長數丈。前有石白巖，上有物滴下，如飴蜜，注白中。……
> 於洞中行。可數十里，其中幽暗若漆。但蛇之光燭兩壁，時見繪畫
> 古丈夫，咸有冠帶。最後觸一石門，門有金獸啣環，洞然明朗。
>
> 但見一室，空闊可百餘步。穴之四壁，皆鐫爲房室。當中有錦繡幃
> 帳數間，垂金泥紫，更飾以珠翠，炫晃如明星之連綴。帳前有金爐，
> 爐上有蛟龍鸞鳳，龜蛇鸞雀，皆張口噴出香煙，芳芬蓊鬱。傍有小
> 池，砌以金壁，貯以水銀，鳧鷖之類，皆琢以瓊瑤而泛之。四壁有
> 床，咸飾以犀象，上有琴瑟笙簧鼗鼓柷敔，不可勝記。

這兩段文字都寫得非常詳盡，前者大枯井中竟有人物的壁畫，後者冥府的布
置富麗堂皇，並備有各種樂器，十分神祕。

〈張老〉中描寫韋義方到天壇山南尋訪嫁給張老的妹妹，結果竟進入了
仙境：

> 初上一山，山下有水，過水，連綿凡十餘處，景色漸異，不與人間
> 同。忽下一山，其水北朱戶甲第，樓閣參差，花木繁榮，煙雲鮮媚，
> 鸞鶴孔雀，徊翔其間，歌管寥亮耳目。崑崙指曰：「此張家莊也。」……
> 其堂沈香爲梁，玳瑁帖門，碧玉窗、珍珠箔，階砌冷滑碧色，不辨
> 其物。

所謂「不與人間同」、「不辨其物」都是強調張家莊的獨樹一幟、與眾不同。

另一篇也像是描繪仙境的〈古元之〉（《廣記》卷三八三）寫和神國：

> 其國無大山，高者不過數十丈，皆積碧瑉。石際生青彩籙篠，異花
> 珍果，軟草香媚，好禽嘲哳。山頂皆平正如砥，清泉迸下者三二百
> 道。原野無凡樹，悉生百果及相思石榴之輩。每果樹花卉俱發，實
> 色鮮紅，翠葉於香叢之下，紛錯滿樹，四時不改。……田疇盡長大
> 瓠，瓠中實以五穀，……一年一度，樹木枝幹間悉生五色絲纊，人
> 得隨色收取，任意紝織，異錦纖羅，不假蠶杼。

好像是繼承陶淵明的〈桃花源記〉，表達主題的功用大，幫助情節的成分少。

〈遊仙窟〉中的「神仙窟」也彷彿世外仙境：

深谷帶地，鑿穿崖岸之形，高嶺橫天，刀削崗巒之勢。煙霞子細，泉石分明，實天上之靈奇，乃人間之妙絕。……行至一所，險峻非常：向上則有青壁萬尋，直下則有碧潭千仞。古老相傳云：「此是神仙窟也；人跡罕及，鳥路縈通。每有香果瓊枝，天衣錫鉢，自然浮出，不知從何而至。」……忽至松柏巖，桃華澗，香風觸地，光彩遍天。（汪國垣《唐人傳奇小說集》）

這段描寫，吳志達謂之「理想化的虛構」，〔註4〕的確，這已經不是純粹的寫景，而是加入大量的想像糅合而成的。

　　和六朝小說相比，唐傳奇能著力場景的描寫，實在是技巧上的一大進步。雖然大多數作品都還沒有把場景放在主要的位置，但至少它已經有了類似配角或龍套的地位。

　　從本節所述，我們可以發現：描寫鬼怪出場，一定有一段場景做先聲；而提到仙境或龍宮等地，場景的描繪就特別詳盡，占的篇幅也長。至於一般風景或室內景致，文字則較爲簡潔，並負有配合情節發展或引導人物動作等任務，足以證明一般唐傳奇作者對場景描繪還停留在摸索練習的階段，不敢大肆發揮。但少數幾篇如〈遊仙窟〉、〈南柯太守傳〉等則頗能突破窠臼，令人刮目相看。

第二節　器物

　　熟悉唐傳奇的人一定很容易發現，在不少佳作當中某樣器物似乎扮演相當重要的角色，如〈枕中記〉裏的「青瓷枕」、〈南柯太守傳〉中的「大古槐」、〈虬髯客傳〉中的棋局、〈馮燕傳〉裏的佩刀、〈紅綫〉中的金合等，或者是全篇情節所繫，或者竟是扭轉局面的關鍵。另外像〈霍小玉傳〉中的「紫玉釵」、〈李娃傳〉裏的「繡襦」、〈鶯鶯傳〉中的「玉環」、〈懶殘〉中的「芋」等，雖不如前述「青瓷枕」等地位重要，卻也在文中產生若干作用。這些器物有的是珍貴的飾物，有的只是平凡無奇的東西，很難給它們一個適當的、統合的名稱。〔註5〕但它們的影響力卻不小，如果少了它們，有些唐傳奇可能

〔註4〕見其《唐人傳奇》（《中國古典小說史話》第二部，臺北：木鐸出版社），頁122。

〔註5〕彭歌著，《小小說寫作》（臺北：遠景出版社）論及小小說的結構時，曾提出小小說應有一個「眼」的觀念。他說：「這『眼』不一定就是整篇作品的高潮，甚至於不一定是重要的情節。它可能祇是短短的一句話，一段描寫；可是它

會潰不成「篇」或大大失色，所以這裏想把它們做一番整理和觀察。

一、影響全篇者

　　器物出現在傳奇當中，有些只造成局部的影響，有些卻關係到全篇情節的發展，也有的具有襯托人物、凸顯主題的作用。通常影響全篇的器物，它的重要性並不亞於小說中的人物，所以往往也是作者用心描寫的所在。此處就先討論影響全篇的一些器物。

（一）凸顯主題的器物

　　像〈枕中記〉以枕始。故事從盧生入枕做夢，到夢醒離枕為止。枕是展開情節和結束情節的必要器物，一切都在盧生入枕後發生，而事實上那只是黃梁一夢而已，但盧生卻從中得到莫大的啟迪，他的人生觀已徹底改變。「枕」這樣器物，是道士呂翁度人的法寶，它表現出一個虛幻的世界，卻又是現實世界的縮影。「入枕」是一個了不起的設計，因為枕是現實與夢幻的分野，卻也是溝通二者的橋梁。透過盧生入枕、離枕的過程，作者沈既濟想表達的主題已經不言可喻了。

　　和〈枕中記〉的枕作用類似的是〈南柯太守傳〉中的大古槐。在夢中淳于棼從古槐下的穴進入大槐安國，又從那兒離開大槐安國。但事實上淳于棼的身軀一直醉臥在堂東廡下，所以「古槐穴」在全篇是既虛又實的，虛的是因為淳于棼根本沒有進入其中，實的是後來淳于棼醒來，果然發現穴中別有天地。和〈枕中記〉相較，這「發穴」一節是另闢蹊徑、自成一格的，而且把主題表現得更為透徹。

　　〈陳季卿〉篇中的「寰瀛圖」和「竹葉」也有凸顯主題的作用，因為在山翁的法術下，寰瀛圖變成陳季卿返回江南的真山真水，而竹葉也化為小舟載著他迢遙前行。經過這一場如幻似真的遊歷，陳季卿遂改變求取功名的初衷，而絕粒入終南山了。

　　記搗蛋狐狸的〈王生〉，全篇的關鍵在那份黃紙文書，王生自從得到黃紙

可以使從題目到結尾的文字，在精神上更顯得和諧。……『眼』必須要與小小說中原來結構的各部分相關聯、相吻合、相呼應。……美國作家歐禮瑞在『心之奇術』中，把『眼』擺在一張戲票上。……屠格涅夫的《初戀》一書中，男主角手中的一朵玫瑰花，也發生了『眼』的作用。」從彭歌先生所舉的例子看，所謂「眼」有時候也是指器物而言。

文書後，就一直被狐找麻煩，最後弄得傾家蕩產，黃紙文書還是被狐騙回去了。這份黃紙文書到底有什麼價值呢？作者沒有明說，王生也一直莫名其妙地收藏著。

> 王生遽往得其書，纔一兩紙，文字類梵書而莫究識，遂緘於書袋而去。

王生實在沒有必要擁有這份黃紙文書，而且為它付出太大的代價。作者安排黃紙文書引發王生和狐狸的爭端，目的可能就是警戒世人不要貪取別人的東西吧！

〈虬髯客傳〉中所描繪的「棋局」與主題也是密切相關。虬髯客第一次見李世民已經「心死」，並贊曰：「真天子也！」但仍有些不服氣，第二次會面把飲酒改為弈棋，

> 道士一見慘然，下基子曰：「此局輸矣，輸矣！於此失卻局，奇哉！
>
> 救無路矣！知復奚言！」

以棋局作為政局的象徵，「全輸」語意雙關，〈虬髯客傳〉的政治主題已經很明顯了。

〈定婚店〉是一篇饒有趣味的傳奇，其中有兩樣器物值得注意，一是赤繩子，月下老人說：

> 赤繩子耳。以繫夫妻之足。及其生（坐），則潛用相繫，雖讎敵之家，
>
> 貴賤懸隔，天涯從宦，吳楚異鄉。此繩一繫，終不可逭。君之腳，
>
> 已繫於彼矣，他求何益？

充分說明了宿命的婚姻觀。至於「花子」，更是凸顯主題的關鍵。韋固對妻子的容色非常滿意，卻奇怪她的眉間始終帖一花子，想起從前家奴說過「不幸才中眉間」的話，一問果然妻子就是當年被家奴刺傷的那個女娃。遂不得不歎曰：「奇也。」「花子」就是這樁婚姻早已「命中註定」的證據。

〈陳義郎〉（《廣記》卷一二二）其實可以定名為「血襦」或「血污衫子」，因為全篇情節都繫在這件血污衫子上。陳彝爽和周茂方同在三鄉習業，義結金蘭，卻在赴任途中被茂方狠心擊斃。周茂方一不做二不休，還頂替陳彝爽的官職、霸占陳的妻子達二十年之久，幸賴一件血污衫子才使祖孫相逢，沈冤大白。血污衫子雖是普通的東西，卻在全篇占有舉足輕重的地位。試看郭氏對兒子義郎的解說，即可明白：

> 此（指周茂方）非汝父，汝父為此人所害。吾久欲言，慮汝之幼，
>
> 吾婦人，謀有不藏，則汝亡父之冤無復雪矣，非惜死也。今此吾手

留「血襦」還，乃天意乎？

（二）襯托人物的器物

神仙故事〈裴航〉中有一樣重要的器物——玉杵臼。玉杵臼是老嫗答應裴航迎娶雲英的條件。裴航花了幾個月的時間到處尋找，終於以兩百緡高價購得。但老嫗又提出第二個條件，要裴航用玉杵臼擣藥百日，方議姻好。裴航也答應了，果真遵照老嫗的規定擣藥一百天。這玉杵臼是老嫗用來考驗裴航的誠意和耐心的，所以說它具有襯托人物的作用。

〈崔煒〉篇則有兩樣重要的器物，一是崔煒因好心幫助乞食老嫗而得到的越井岡艾，使崔煒先後救治了老僧、任翁和白蛇的贅疣，經歷了一連串的奇遇；後來他又得到大食國的國寶陽燧珠，賣給胡人，成了富翁。崔煒的遭遇都和這兩樣器物有關，這兩樣器物的出現又恰可以表明崔煒的個性。

〈韋自東〉篇的劍作用更大，因韋自是義烈之士，他用劍斬斷了兩個夜叉的頭顱，又被道士要求「仗劍衛爐」。後來韋自東一時疏忽，對怪物假扮的道士「釋劍而禮之」，結果藥鼎爆烈，煉藥失敗。可以說韋自東仗劍則成功、釋劍則失敗，劍是韋自東的護身符。

〈購蘭亭序〉中的〈蘭亭序〉是王羲之的名帖，價值連城，這種珍寶引起一場爭奪戰是可以理解的。辨才愛〈蘭亭序〉如命，以致不肯送交太宗；太宗明知〈蘭亭序〉就在辨才手裏，卻始終無法得到；最後只有派監察御史蕭翼化裝成商人，才把〈蘭亭序〉弄到手。作者張彥遠描寫辨才喜愛〈蘭亭〉的情形很生動，如說他貯藏〈蘭亭〉的嚴密：

> 辨才嘗於寢房伏梁上，鑿爲闇檻，以貯〈蘭亭〉，保惜貴重於師在日。

又如辨才習書之勤篤：

> 辨才時年八十餘，每日於窗下臨學數過，其老而篤好也如此。

後來蕭翼告訴他已取得〈蘭亭〉，

> 辨才聞語而便絕倒，良久始蘇。

對太宗的描寫則以下列文字最動人：

> 貞觀二十三年，聖躬不豫，幸玉華宮含風殿，臨崩，謂高宗曰：「吾
> 欲從汝求一物，汝誠孝也，豈能違吾心耶！汝意何如？」高宗哽咽
> 流涕，引耳而聽受制命。太宗曰：「吾所欲得〈蘭亭〉，可與我將去。」

〈馮燕傳〉中的兩樣器物——巾和佩刀至爲重要，因爲馮燕教張婦取巾，而張婦卻把刀給了馮燕，這才給馮燕一個省視的機會，終於做了殺婦的決定。

從這段情節我們可以看出，張婦和馮燕的想法正好相反，因而引起了馮燕的殺機。當然張婦和馮燕的個性也可見一斑了。

〈紅綫〉一文中的「金合」是相當受矚目的器物之一，紅綫前往魏郡時並沒有說要盜取什麼做憑證，後來決定盜取金合，大概是因為：第一，金合輕巧，攜帶方便；第二，金合內書生身甲子與北斗神名，顯然是田承嗣的護身之物，金合不見了，田承嗣必然大為驚慌。紅綫盜合之後，果然引起魏博一軍憂疑。薛嵩派專使送回金合，田承嗣捧承之時「驚悸絕倒」，如果是別的器物，大概無法造成如此的震撼吧！

〈上清傳〉是一篇頗受爭議的傳奇，因文中述陸贄陷害竇參，與史實不合。但就寫作技巧而言，〈上清傳〉確有不少精采之處。在器物方面，銀器是全篇關鍵，竇參的貪廉都可由這批銀器的來源決定，幸而有上清為主人洗冤：

> 竇參自御史中丞，歷度支、戶部、鹽鐵三使，至宰相。首尾六年，月入數十萬。前後非時賞賜，當亦不知紀極。迺者郴州所送納官銀物，皆是恩賜。當部錄日，妾在郴州，親見州縣希陸贄恩（意）旨，盡刮去。所進銀器，上刻藩鎮官銜姓名，誣為贓物。伏乞下驗之。

德宗下令覆視，證實竇參是冤枉的，才下詔雪竇參。

〈李衛公靖〉描寫李靖的個性極為成功，篇中「雨器」的設計也很有趣味。古人設想下雨是龍王的職責，雨器則是一個小瓶子，繫在馬鞍前。夫人請李靖代為行雨時曾告誡他：

> 郎乘馬，無勒（漏）銜勒，信其行，馬跑地嘶鳴，即取鉼（瓶）中水一滴，滴馬鬃上，慎勿多也。

不料李靖在天上往下看見經常休憩的村子，竟想道：

> 吾擾此村多矣，方德其人，計無以報。今久旱苗稼將悴，而雨在我手，寧復惜之？

於是連下了二十滴，李靖慷慨義烈的性子反而弄巧成拙，整個村子都被豪雨淹沒了。

（三）兼具凸顯主題及襯托人物的器物

〈韋皋〉記敘韋皋和玉簫的故事，很是膾炙人口。姜夔的〈長亭怨慢〉就用了這個典故，說是「韋郎去也，怎忘得玉環分付？」玉環就是故事中韋皋送給玉簫的玉指環，韋皋以此為信物，言明「少則五載，多則七年」一定回來娶玉簫。可憐玉簫苦等了七年，卻毫無韋皋的消息，癡情的玉簫就絕食

而死，中指戴著玉環殯殮。後來韋皋設法和玉簫的靈魂見面，玉簫告訴他十三年後會再做他的侍女。果然十三年後有人送一名歌妓給韋皋，名字就叫做玉環，而且「中指有肉環隱出，不異留別之玉環也」。玉環這樣器物的安排，貫串整個情節，不僅顯出了玉簫的癡情，同時也印證了命定的主題。

〈成弼〉是一篇非常驚人的傳奇，篇中的關鍵就在道者所擁有的那種能使赤銅變成黃金的「丹」。成弼爲了向道者索丹，不惜殘酷地殺害了道者，不料他把丹用完了以後，也被唐太宗用同樣的方式殺害。這種丹暴露了成弼貪狠的本性，也清晰地說明了報應不爽的道理。

〈板橋三娘子〉這篇諷刺小品的關鍵器物是「燒餅」和「驢」。一開始說三娘子「家甚富貴，多有驢畜」，就是一道伏筆。後來趙季和發現了三娘子的祕密，私下把燒餅掉了包，讓三娘子自己也變成了驢。

燒餅和驢本是風馬牛不相及的，作者卻讓它們之間發生密切的關聯，這種設計委實令人佩服！而做燒餅給客人吃讓他們變成驢的三娘子也真夠狡猾可惡了，但惡有惡報，三娘子也被趙季和變成驢驅趕了四年。

〈王知古〉篇中的短皂袍也是非常重要的器物。沒有它，王知古不會和張直方一起出獵；不和張一起出獵，就不會遇到狐妖。就因爲短皂袍表明了王知古和張直方的關係，才使得狐妖驚慌失措，婚姻之事也自然終止。「短皂袍」不僅顯示了張直方的威震邇遐，而且還救了王知古一命。〔註6〕

〈陶峴〉（《廣記》卷四二〇）的故事自得三寶始，失三寶終，三寶是古劍、玉環和崑崙奴摩訶。陶峴對三寶的態度是：

　　每遇水色可愛，則遺劍環於水，令摩訶取之，以爲戲樂。

可見陶峴對三寶並不珍惜。渡巢湖時，陶峴又投劍環，令摩訶下取，摩訶被毒蛇咬傷，只得刃去一指。最後到西塞山，見江水黑而不流，陶峴又投劍環，摩訶下水很久才出來，說水中有龍，劍環不可取，陶峴竟堅持他去取：

　　汝與劍環，吾之三寶。今者二物既亡，爾將安用？必須爲吾力爭之也。

從這裏真可以看出陶峴古怪的性情，強人所難還自以爲是。後來摩訶「支體磔裂，浮（污）於水上；如有視（示）於峴也。」陶峴才後悔自己的荒唐，決定結束流浪江湖的生活。所以這篇三寶的安排，一方面可以看出陶峴的爲

〔註6〕〈王知古〉篇末有三水人（即作者皇甫枚）云：「向無張公之皂袍，則強死於穢獸之穴也。」（據汪國垣《唐人傳奇小說集》）

人，另一方面也有助於表現此種生活方式不足為訓的主題。

二、影響局部者

影響局部的器物重要性當然比不上影響全篇的器物，但這種器物也有它的作用，通常以表現人物的個性、感情為主，偶爾也有能凸顯主題或烘托氣氛的。以下就舉例說明。

（一）表現人物的個性、感情等

如〈霍小玉傳〉中的「紫玉釵」，對全篇影響不算太大。作者蔣防對紫玉釵的安排，主要是透過內作老玉工所說的話，證實霍小玉確是霍王小女的身分；同時表現霍小玉對李益的癡情，不惜變賣首飾以打聽李益的消息。但到了湯顯祖的《紫釵記》，紫釵卻是二人相識及團圓的關鍵物，重要性大大地提升。同樣的，在〈李娃傳〉中「繡襦」的作用也不很大，頂多只是可見李娃救滎陽生心意急切。而薛近兗撰《繡襦記》，一開場就描寫亞仙在館中繡襦衣，以後這件繡襦一直穿在亞仙身上，到「襦護郎寒」一場才脫下為元和披上。

〈鶯鶯傳〉裏鶯鶯在給張生的信裏說送他幾樣小東西，把自己的感情完全表現出來，非常動人：

> 玉環一枚，是兒嬰年所弄，寄充君子下體所佩。玉取其堅潤不渝，環取其終始不絕。兼亂絲一絇（絢），文竹茶碾子一枚。此數物不足見珍。意者欲君子如玉之真，弊志如環不解。淚痕在竹，愁緒縈絲。因物達情，永以為好耳。

與此類似的是〈長恨歌傳〉裏玉妃

> 指碧衣女取金釵鈿合，各折（拆）其半，授使者曰：「為我謝太上皇，謹獻是物，尋舊好也。」

金釵鈿合正是表現玉妃感情的器物。

另外像〈李行脩〉（《廣記》卷一六○）這篇寫李行脩與亡妻王氏見面，王氏居然仍惦記著丈夫的身體：

> 行脩比苦肺疾，王氏嘗與行脩備治疾皂莢子湯。自王氏之亡也，此湯少得。至是青衣持湯，令行脩啜焉，即宛是王氏手煎之味。

幽明分隔，王氏對李行脩的情感仍無二致，實令人感動。

〈孫恪〉篇中的兩樣器物用得也很好。寶劍是表兄張閒雲借給孫恪除妖

用的，不料卻被袁氏寸折之如斷輕藕。寶劍雖沒有發揮預期的作用，卻表現了袁氏的非比尋常以及孫恪的怯懦。至於篇末才出現的碧玉環子，本給人莫名其妙之感，但等袁氏裂衣化爲老猿之後，老僧悟出當年往事，

> 此猿是貧道爲沙彌時所養。開元中，……聞抵洛京，獻于天子。……
>
> 碧玉環者，本訶陵胡人所施，當時亦隨猿頸而往。

碧玉環恰有證明袁氏身分的作用。

〈虬髯客傳〉中幾個器物也各有特色，如虬髯客第一次與李靖、紅拂見面，

> 忽有一人，中形，赤髯而虬，乘蹇驢而來。投革囊於爐前，取枕欹
> 臥，看張氏梳頭。

已露出一副豪邁不羈的模樣。後來三人環坐用餐，他又

> 抽匕首切肉共食。食竟，餘肉亂切爐（驢）前食之，甚速。

閒聊一陣之後，虬髯客

> 於是開革囊，取一人頭幷心肝。卻頭囊中，以匕首切心肝，共食之。

作者先後用了蹇驢、革囊、匕首、人頭、心肝等物，作用都是一個——顯出虬髯客的神祕。這中間又以革囊和蹇驢最爲重要。虬髯客把人頭從革囊裏拿出又放進，有幾分表演的意味，好像是向李靖說：「我可不是凡夫俗子噢！」而那匹外表不起眼的蹇驢，竟和人一樣吃羊肉，跑起來「其行若飛，迴顧已失」，決非普通的品種。當然，能駕馭這匹驢、風塵僕僕於道途間的虬髯客，就更教人刮目相看了！

（二）兼具表現人物個性及凸顯主題的

〈張老〉中有一樣器物——故席帽，是韋義方去尋找妹妹和妹婿張老，離別之時張老送的，張老還說：

> 兄若無錢，可於揚州北邸賣藥王老家取一千萬，持此爲信。

後來韋家眞的沒錢了，想起張老的話，想去換錢，又懷疑張老是胡說，最後實在窮得沒辦法，才到揚州去找王老，

> 韋曰：「張老令取錢一千萬，持此帽爲信。」王曰：「錢即實有，席
> 帽是乎？」曰：「叟可驗之，豈不識耶？」王老未語，有小女出青布
> 幃中，曰：「張老常過，令縫帽頂，其時無皂綫，以紅綫縫之。綫色
> 手踪，皆可自驗。」因取看之，果是也。遂得載錢而歸。

一頂不起眼的故席帽，竟成了領取巨款的憑證。這種安排，一方面顯示了張老寬厚的個性，能體恤岳家的困難，設想周到；另一方面也的確有譏諷士族

徒具虛名、不事生產的意味。

〈懶殘〉這篇寫李泌在寺中讀書，發現懶殘與眾不同，半夜潛往謁見。懶殘對他很不客氣——大詬、仰空而唾，但李泌的態度卻愈加敬謹，過了很久，

> 乃曰：「可以席地。」取所啗芋之半，以授焉。

懶殘把自己吃的芋分一半給李泌，一方面表示友好，另一方面也是對李泌的一種考驗。李泌毫不嫌棄吃個精光，並向懶殘道謝。懶殘這才對李泌說：

> 慎勿多言，領取十年宰相。

這半個芋的作用真大！既可以看出懶殘的「異」於常人，又證實了李泌有好眼力、好運道，因為後來李泌果真做了十年的宰相。

綜上所述，我們可以發現：唐傳奇在器物描寫上的成就相當不凡，從這些器物的選擇和運用，就充分顯示了作者的靈心巧思。和場景及附錄的氣氛比較，器物這一項毋寧是更為出色的，原因可能是：（一）、器物的描寫比場景、氣氛容易掌握；（二）、器物與人物、情節關係較密切，傳奇作者較重視；（三）、六朝小說已有不少描寫器物成功的例子（如《幽明錄》中〈賣胡粉女子〉），唐傳奇作者繼承舊有基礎，故能青出於藍而勝於藍。

附錄：氣氛

氣氛的經營對某些著重藝術技巧的小說來說，是非常重要的。唐傳奇的藝術技巧雖然還沒有登峰造極，但有些篇章的氣氛仍頗有可觀，這在六朝以前的小說中是很難見到的。

氣氛的造成有時要靠作者文字的渲染力，有時則來自人物的舉止、動作、言語等，也有的是來自時空背景，所以前節討論場景描寫時，曾舉出許多有助於氣氛醞釀的實例，此處就不再重複說明。至於作者文字的渲染力，則和作者個人風格有關。有些作者著意在字裏行間透露某種訊息，使讀者不知不覺地進入其中；但唐傳奇的作者多半只是在「傳奇述異」，所以這種刻意經營的現象很少，倒是來自人物的舉止、動作和言語所造成的氣氛比較常見，此節所談，大部分都是屬於這一類。

一、緊張、恐怖的氣氛

如〈任氏傳〉中任氏抗拒韋崟強暴，就造成非常緊張的氣氛：

> 崟周視室内，見紅裳出於户下。迫而察焉，見任氏戢身匿於扇間。崟引（別）出就明而觀之，殆過於所傳矣。崟愛之發狂，乃擁而凌之，不服。崟以力制之，方急，則曰：「服矣。請少迴旋。」旣從，則捍禦如初。如是者數四。崟乃悉力急持之。任氏力竭，汗若濡雨。

但隨著任氏力竭，神色慘變，道出所謂「鄭六之可哀也！」步調即放慢，氣氛也漸緩和下來。

〈虬髯客傳〉中三俠相會也是緊張的一刻：

> 張氏以髮長委地，立梳牀前。靖方刷馬，忽有一人，中形，赤髯而虬，乘蹇驢而來。投革囊於爐前，取枕欹臥，看張氏梳頭。靖怒甚，未決，猶刷馬。

虬髯客目中無人的態度，使李靖大爲光火。眼看二人的衝突就要發生，聰慧的紅拂卻以手勢安撫了李靖，一場危機也化解了。

再看〈紅綫〉裏紅綫自請前往魏郡，她走了之後，

> 嵩乃返身閉户，背燭危坐。常時飲酒，不過數合，是夕舉觴十餘不醉。忽聞曉角吟風，一葉墜露，驚而起問，即紅綫迴矣。

表面上是寫薛嵩平靜地以飲酒等待紅綫歸來，但氣氛卻非常緊張，紅綫此去安危如何？成敗如何？都是未知之數。所以薛嵩一反常態，竟「舉觴十餘不醉」，而且稍有動靜，立即「驚而起問」，直到紅綫平安返回，才鬆了一口氣。

〈狄惟謙〉篇中狄惟謙強硬的態度也令人緊張，他居然把被尊爲「天師」的女巫杖殺了，

> 於是闔城駭愕，云：「邑長杖殺天師！」馳走紛紜，觀者如堵。

百姓立刻和狄惟謙形成對立，情勢非常緊張。〈樊夫人〉一篇中也有緊張的場面。近百人因爲船沈而住在島上，大家殺了一隻白鼉分食，第二天

> 有城如雪，圍繞島上。人家莫能辨。其城漸窄狹束。島上人忙怖號叫，囊橐皆爲虀粉，束其人爲簇。其廣不三數丈，又不可攀援，勢已緊急。岳陽之人，亦遙覩雪城，莫能曉也。

這段文字除了因關係百人的性命安全令人擔慮外，色彩的運用也值得一提，因「雪城」並非下雪之城，而是指白鼉之龐大如一座城。白和雪都變成危險不安的信號了。

〈劉貫詞〉中劉貫詞到蔡霞秀才家送信，也出現了兩次緊張的情況，第一次是：

> 方對食，太夫人忽眼赤，直視貫詞。女急曰：「哥哥憑來，宜且禮待，
> 況令消患，不可動搖。」

第二次是：

> 又進食，未幾，太夫人復瞪視眼赤，口兩角涎下。女急掩其口，曰：
> 「哥哥深誠託人，不宜如此。」乃曰：「娘年高，風疾發動，祗對不
> 得，兄宜且出。」女若懼者。

從太夫人的舉動可以看出，她有吞噬劉貫詞之意，所以她女兒才會緊張地勸
說。但這裏更讓人著急的是，劉貫詞似乎毫無警覺，根本不曉得他所處環境
的惡劣。所以此處的緊張氣氛實在是雙重的。

〈李謩〉篇中，獨孤生聽了李謩的表演卻一再無言，也是使氣氛逐漸緊
張、對立的因素：

> 李生捧笛，其聲始發之後，……坐客皆更贊詠之，以爲鈞天之樂不
> 如也。獨孤生乃無一言，會者皆怒。李生爲輕己，意甚忿之。良久，
> 又靜思作一曲，更加妙絕。無不賞駭。獨孤生又無言。鄰居召至者
> 甚慚悔。……會客同誚責之，獨孤生不答，但微笑而已。

大家都覺得獨孤生太可惡、太不通人情了，整個氣氛而緊張起來。殊不知獨
孤生的笛藝比李謩還要好，所以才不願表示意見。

〈崔煒〉中崔煒替任翁治好了贅疣，不料任翁竟要殺害崔煒，幸好任翁
之女知道以後，趕緊告訴崔煒：

> 「吾家事鬼，今夜當殺汝而祭之，汝可持此破窗遁去。不然者，少
> 頃死矣。此刃亦望持去，無相累也。」煒恐悸汗流，揮刃攜艾，斷
> 窗櫺躍出，拔鍵而走。任翁俄覺，率家僮十餘輩，持刃秉炬，追之
> 六七里，幾及之。

緊張的情勢非常明顯，可以說是千鈞一髮。崔煒如果稍一遲疑，性命可能就
保不住了。

〈柳毅〉中敘述柳毅到了洞庭府，大家都爲龍女的遭遇慟哭，洞庭君怕
錢塘知道，下令不許出聲。柳毅詢問錢塘是誰，洞庭君話還沒說完：

> 而大聲忽發，天拆地裂，宮殿擺簸，雲烟沸湧。俄有赤龍長千餘尺，
> 電目血舌，朱鱗火鬣，項掣金鎖，鎖牽玉柱，千雷萬霆，激繞其身，
> 霰雪雨雹，一時皆下，乃擘（臂）青天而飛去。

這是何等壯觀懾人的場面，難怪把柳毅嚇得仆倒在地了。

又如〈楊娼傳〉(《廣記》卷四九一)寫嶺南帥之妻得知楊娼要來探病，

> 乃擁健婢數十，列白梃，熾膏鑊於廷而伺之矣。須其至，當投之沸鬲。

我們可以想像幾十個健婢列隊站好，手裏都拿著大木棒。另外鍋子裏燒著沸騰的油，準備把楊娼來個活烹的可怕景象，眞令人不寒而慄！

〈崑崙奴〉裏也有一段類似的文字，當一品勳臣知道崑崙奴的本領高強後，即

> 命甲士五十人，嚴持兵杖，圍崔生院，使擒磨勒。磨勒遂持匕首飛
> 出高垣，瞥若翅翎，疾同鷹隼，攢矢如雨，莫能中之。頃刻之間，
> 不知所向。

先是嚴密部署，如臨大敵，再則磨勒衝出突圍，安然脫險。短短數十字，就把氣氛推到緊張的高峰。

〈白皎〉(《廣記》卷七八)中樊宗仁船沈登岸，夜深忽寤，

> 見山獠五人列坐，態貌殊異，皆挾利兵，瞻顧睢盱，言語兇謾。假
> 令揮刃，則宗仁輩束手延頸矣。

半夜醒來，居然看見一群青面獠牙的野人，實在可怕極了！

二、哀怨、悽涼的氣氛

〈柳氏傳〉裏寫柳氏被沙吒利劫去後，約韓翊在道政里門見面：

> 及期而往，以輕素結玉合，實以香膏，自車中授之，曰：「當遂永訣，
> 願寘誠念。」乃回車，以手揮之，輕袖搖搖，香車轔轔，目斷意迷，
> 失於驚塵，翊大不勝情。

這段文字透過柳氏的動作寫出悵惘的氣氛，實在非常動人！

〈霍小玉傳〉篇末，黃衫客強持李益去見小玉，小玉的反應眞是怨懟至極：

> 忽聞生來，欻然自起，更衣而出，怳若有神。遂與生相見，含怒凝
> 視，不復有言。羸質嬌姿，如不勝致，時復掩袂，返顧李生，感物
> 傷人，坐皆欷歔。……玉乃側身轉面，斜視生良久，遂舉杯酒酹地
> 曰：「我爲女子，薄命如斯。君是丈夫，負心若此。韶顏稚齒，飲恨
> 而終。慈母在堂，不能供養。綺羅絃管，從此永休。徵痛黃泉，皆
> 君所致。李君李君，今當永訣！我死之後，必爲厲鬼，使君妻妾，
> 終日不安！」乃引左手握生臂，擲盃於地，長慟號哭數聲而絕。

令人不禁一掬同情之淚。〈鶯鶯傳〉裏張生和鶯鶯要分別時，鶯鶯的反應也是極為哀怨的：

> 崔已陰知將訣矣，恭貌怡聲，徐謂張曰：「始亂之，終棄之，固其宜矣。愚不敢恨。……」因命拂琴，鼓〈霓裳羽衣序〉，不數聲，哀音怨亂，不復知其是曲也。左右皆歔欷。崔亦遽止之，投琴，泣下流連，趨歸鄭所，遂不復至。

尤其是以琴聲怨亂來暗喻鶯鶯的心緒紊雜，更顯得高明。

〈步飛煙〉篇末，武公業發現飛煙和趙象的姦情：

> 飛煙色動聲顫，而不以實告。公業愈怒，縛之大柱，鞭楚血流。但云：「生得相親，死亦何恨。」

飛煙這個倔強的女子，即使被打得快要死了，也還不肯吐實，好一幅淒美的畫面！

〈李娃傳〉裏有許多動人的情節和場面，其中以滎陽生寒冬行乞一節，氣氛最為淒涼：

> 一旦大雪，生為凍餒所驅，冒雪而出，乞食之聲甚苦。聞見者莫不悽惻。時雪方甚，人家外戶多不發。至安邑東門，循里（理）垣北轉第七八，有一門獨啓左扉，即娃之第也。生不知之，遂連聲疾呼「饑凍之甚」，音響悽切，所不忍聽。娃自閣中聞之，……連步而出。見生枯瘠疥癘，殆非人狀。

昔日的翩翩佳公子，如今竟淪落至此，真是令人鼻酸啊！

三、全篇一致的氣氛

另有幾篇傳奇，全篇都籠罩在某一氣氛之下，這固然和內容題材有關，但作者的特意安排也應該是重要因素。如〈鄭德璘〉這篇就充滿了浪漫氣氛，其中各人物或飲酒、或賦詩、或挑情，彼此互相牽引，產生一連串事件。所以筆者以為它可以歸於布局小說一類，而它布局的成功當然也和浪漫氣氛的彌漫有密切關係。

又如〈古元之〉是描寫和神國風土人情的，除了一開始古元之死而復活外，簡直沒有什麼情節可言，卻因為篇中充盈著和諧幸福的氣氛，而使許多人喜愛它。

〈王屋薪者〉是寫老僧與道士爭論佛道優劣，文中的氣氛始終對立尖銳。

但最後的結局卻頗出人意表，在負薪者的呵斥下，老僧竟化爲鐵錚，道士也變成龜背骨，令人忍不住發噱，原來嚴肅緊張的氣氛也一掃而空。

〈陳季卿〉因爲是寫一個不得志的讀書人，所以全篇一直是抑鬱寡歡的氣氛，尤其是那些詩句，在在都透露出莫可奈何、時不我與的味道。

〈薛弘機〉（《廣記》卷四一五）是寫一株枯柳化爲老人來找薛弘機談學問，文中充滿了衰颯的氣息。如柳藏經（枯柳的化身）第一次來的時候，是

> 殘陽西頹，霜風入戶。

而柳藏經離去時「窣颯有聲」，更奇怪的是薛弘機一接近他，

> 藏經輒退。弘機逼之，微聞朽薪之氣。

這種寫法，一方面是伏筆，一方面也帶動了整篇衰朽神祕的氣氛。之後柳藏經贈給薛弘機的詩，

> 誰謂三才貴，余觀萬化同。
>
> 心虛嫌蠹食，年老怯狂風。

作用依然同前，最後發現大枯柳被烈風拉折，裏面的百餘卷經書都已爛壞，印證了前面的點點滴滴，才使人恍然大悟。這篇作品篇幅短，人物、故事也很簡單，但因伏筆和氣氛掌握得好，所以在唐傳奇中倒也別具一格。

有些人以爲只有鬼怪小說才需要講究氣氛，事實上任何小說都可以加強氣氛的經營，因爲氣氛可以立刻使讀者產生情緒反應，所以只要氣氛掌握得好，小說就能動人。

唐傳奇中局部氣氛運用成功的例子不少，能使讀者受到震撼或引發同情。至於全篇氣氛一貫的少數作品，也頗值得重視，因爲這是更上乘的寫作技巧，非偶爾點染者可比。筆者以爲像〈鄭德璘〉的浪漫氣氛，就頗影響到宋傳奇〈流紅記〉的寫作；可惜其他幾篇篇幅都太短小，動人的力量也就有限。

第五章　結　論

　　和六朝小說相較，唐傳奇的寫作技巧顯然是青出於藍而勝於藍。如六朝志怪雖然偶有詩歌的穿插〔註1〕、懸疑和伏筆的設計〔註2〕、戲劇性的效果、〔註3〕風景的描繪〔註4〕和器物的運用〔註5〕等，但終究難免篇幅短小、內容簡陋的窘態。至於《世說新語》等志人小說，人物刻畫生動、語言精煉雋永之處俯拾皆是，卻也只是當時士人生活的實錄罷了，還不能算是刻意爲之的小說技巧。

　　唐傳奇並不是僅僅吸收六朝小說的寫作經驗而已，因爲另一個更重要的源頭——史傳文學，提供了更適合的形式、更高妙的技巧，使唐傳奇在結構布局、人物刻畫和氣氛渲染上得到極大的助益，因而能突破六朝小說的藩籬，另外創造一片璀璨的新天地來。

　　周樹人在〈六朝小說和唐代傳奇文有怎樣的區別〉中說道：

　　　唐代傳奇文……神仙人鬼妖物，都可以隨便驅使；文筆是精細、曲
　　　折的，乃至被崇尚簡古者所詬病；所敍的事，也大抵具有首尾和波
　　　瀾，不只一點斷片的談柄；而且作者往往故意顯示著這事迹的虛構，

〔註1〕　如《搜神記・盧充》有一首五言詩的穿插，《續齊諧記・清溪廟神》和《拾遺記・李夫人》各有雜言詩和楚辭體詩，《拾遺記・翔風》並以五言詩作結等。
〔註2〕　如《列異傳・談生》、《搜神記・秦巨伯》中有懸疑，《甄異錄・秦樹》、《甄異記・楊醜奴》中有伏筆等是。
〔註3〕　如《搜神記・秦巨伯》、《幽明錄・賣胡粉女子》中均有戲劇性事件。
〔註4〕　最著名的如《搜神後記・桃花源記》中詳盡的風景描寫。
〔註5〕　如《列異傳・談生》中的「珠袍」、《搜神記・盧充》中的「金碗」，都是人鬼聯姻的證物。《搜神後記・白水素女》中的「大螺」，就是素女的原形。而《幽明錄・賣胡粉女子》中的「胡粉」，更是全篇情節所繫。

以見他想像的才能了。〔註6〕

這決不是偶然，而是唐傳奇作者本身的文學素養，再加上強烈的創作意念努力經營的結果。所以宋人洪邁會說：

> 唐人小說，不可不熟。小小情事，悽惋欲絕，洵有神遇而不自知者，
> 與詩律可稱一代之奇。〔註7〕

汪國垣也說：

> 唐代文學，詩歌小說，並推奇作。〔註8〕

劉開榮也說：

> 翻開唐代的一部文學史，詩歌與小說，是兩顆皇冠上的珍寶。〔註9〕

把唐傳奇視爲唐代文學的珍寶，應該有兩項積極的意義：一是肯定唐傳奇忠實地表現唐人的生活，一是承認唐傳奇的藝術價值。前者學者多有論述，〔註10〕此處不必贅言；後者即爲本文撰寫之目的。本文係從結構、人物、主題和景物等四方面討論唐傳奇的寫作技巧，以評估其藝術價值，茲綜合說明如下：

從唐傳奇的結構分析，可以發現唐傳奇是融合了六朝小說和史傳文的形式與技巧，創造出獨特的、集詩歌和故事與議論於一體的新文體，來從事小說的寫作，以展現作者多方面的才華。唐傳奇的敘述方式雖然比較呆板，但仍有少量插敘、追敘、補敘及倒敘的作品；另外在敘事觀點的運用上，更是六朝小說所不能望其項背的，不論全知觀點或主角第三身觀點、主角第一身觀點，都寫得非常合乎標準，甚至於還有接近客觀觀點的作品。〔註11〕至於懸疑、伏筆和戲劇性、高潮等六朝小說和史傳文早已懂得運用的技巧，唐傳奇的作者使用得更是純熟。所以不論是委曲詳盡的〈霍小玉傳〉、〈李娃傳

〔註6〕 詳見傅東華編，《文學百題》（臺北：文鏡文化公司），頁386。
〔註7〕 這段話各家經常引用，都說出自洪邁的《容齋隨筆》，但《容齋隨筆》實無此條。此處係轉引自清·王文誥所撰之《唐代叢書·總目·例言》。
〔註8〕 見其《唐人小說·序》。
〔註9〕 見其《唐代小說研究》，頁64。
〔註10〕 如張友鶴《唐宋傳奇選·前言》云：「唐傳奇所寫的人物形象是各種各樣的；有帝王妃嬪，有達官貴人，有著名的詩人，有應試的舉子，有藝人，有商賈，有豪俠義士，有紈袴子弟，有閨秀，有妓女，……以至當時在都市雜居的『胡商』，也一再出現過。僅由這一點，也不難窺見傳奇小說所反映的社會面和現實生活的範圍是如何廣泛。」
〔註11〕 指〈馮燕傳〉，詳見第一章第四節。

或短小精悍的〈郭元振〉、〈崑崙奴〉等篇，情節安排都極爲精采動人。

　　在人物刻畫方面，唐傳奇的成就更令人激賞。初期傳奇在描寫人物出場時雖然比較笨拙，但不久即發展出自然或精心設計的人物出場法。在表現人物的性格時，唐傳奇往往通過個性化的對話及具有特徵的動作，使其聲音笑貌躍然紙上。而且唐傳奇已經開始經由動作來刻畫人物的心理狀態，並運用對比手法使不同的人物個性更加突出。最重要的是唐傳奇創造了許多不同的典型人物，上自帝王后妃，下至婢女男奴，進士妓女、女俠豪客無所不包，而且各有各的個性，各有各的遭遇。如同是負心薄情的進士，李益畏縮膽怯、一味欺騙，張生卻明目張膽地文過飾非。同樣是癡情女性，霍小玉寧爲玉碎，崔鶯鶯委曲求全，李娃勇敢世故。異類女子當中，任氏像娼妓，龍女有如大家閨秀，袁氏則悍婦與賢妻兼而有之。俠女裏面，紅綫目光遠大又比聶隱娘高出一等。崑崙奴之中，摩訶雖有高超的泳技，卻只是主人的玩物，甚至因而喪命；比不上磨勒能替主人分憂，又有本事突出重圍，遠離是非之地。這些人物不但豐富了唐傳奇本身，更成爲後代小說、戲曲創作的泉源。〔註12〕

　　唐傳奇在主題的呈現上也比六朝強烈許多。基本上，六朝小說只是記敘奇聞，頂多帶了點宗教的目的，但唐傳奇則不然。表面上，唐傳奇因襲了史傳文議論的形式，常在篇末坦述創作動機，但眞正的主題往往又不僅止於此，所以引起相當多的爭論。本文歸納了五種唐傳奇常用以呈現主題的方式，可以看出唐傳奇表現主題的多樣性；另外選取五篇技巧特殊或爭論較多的加以分析，希望能了解主題與其他技巧之間的關係。

　　此外，唐傳奇在景物等描寫方面，也有不凡的成績。六朝小說和史傳文中的場景描寫不多，也比較簡陋；唐傳奇的作者則已開始刻意描繪風景或室內布置，以便配合故事的氣氛、顯示人物的心理及展開情節。有些作品甚至頗有攝影機長短鏡頭交互使用的妙處，〔註13〕也有的彷彿達成電影中的聲光效果。〔註14〕至於唐傳奇的器物描寫，基本上是承襲六朝小說來的，〔註15〕但作用則大得多，有影響全篇的，也有只影響局部的，不像六朝小說中的器物只是情節的關鍵。從唐傳奇常運用器物以凸顯主題、襯托人物等效用來看，

〔註12〕如宋傳奇中的女主角多半是霍小玉、崔鶯鶯、李娃、楊娼、賈人妻的化身。宋元話本、元明雜劇、明清傳奇都採用唐傳奇的人物和情節加以改寫、改編。
〔註13〕如〈遊仙窟〉、〈韋自東〉等篇。
〔註14〕如〈杜子春〉，詳見第四章第一節。
〔註15〕請參看註5。

不少唐傳奇的作者已能充分掌握器物描寫的技巧。這種技巧對宋傳奇及明代戲曲影響也很大。〔註16〕

　　而在氣氛這一部分，因為作者還不曾刻意去製造，所以一般都表現在人物的動作或言語上，而以緊張、恐怖或哀怨、悽涼的氣氛居多。另有少數幾篇，或因人物特別，或因情節特殊，所以全篇皆籠罩在某一種氣氛之下，使讀者有更深刻的感受。這在後來的短篇小說中比較少見，也是很珍貴的。

　　總之，在研究了唐傳奇的寫作技巧之後，可以確定它的藝術價值，更可以肯定它在中國小說史上承先啟後的地位。因為在唐傳奇之前的六朝志怪，只能算是小說的雛形，沒有成熟的寫作技巧可言；後來的宋傳奇、明清傳奇體小說，〔註17〕甚至《聊齋志異》等書，則都遵循唐傳奇的形式和表現手法，就連小說以外的戲曲也都和它關係密切，難怪劉開榮會說唐傳奇在中國藝壇上「永遠是一項王冠」〔註18〕了。

〔註16〕　這點宋傳奇倒可以和唐傳奇一爭上下，如紅葉為〈流紅記〉全篇之所繫。〈梅妃傳〉中的梅即為梅妃的象徵。〈韓湘子〉中的嚴花預示情節發展。〈王榭〉中有靈丹、燕子證實王榭曾遊燕子國。黃鬚（〈白萬州遇劍客〉）手不離劍，使白氏兄弟誤中其計。〈狄氏〉（康布撰）篇中狄氏紅杏出牆，是因為「大珠二囊」引起貪心。〈俠婦人〉中的董妾能救夫救己，倚仗的是一件手製衲袍等。明傳奇（戲曲）多由唐傳奇故事改編，像《紫釵記》、《繡襦記》都特別加重器物的分量，並以之為題，更可見器物的重要性。

〔註17〕　如瞿佑的《剪燈新話》、李禎的《剪燈餘話》、邵景瞻的《覓燈因話》等專集，及散見於各家詩文集中的單篇作品，如高啟的〈南宮生傳〉、馬中錫的〈中山狼傳〉、鈕秀的〈雪遘〉、〈睞娘〉、佚名的〈小青傳〉、黃永的〈姍姍傳〉等。

〔註18〕　見其《唐代小說研究》，頁11。

參考書目

（一）

1. 《太平廣記》，宋・李昉等編，文史哲出版社。
2. 《唐代叢書》，清・王文誥、邵希曾輯，新興書局。
3. 《雲谿友議》，唐・范攄，商務印書館。
4. 《松窗雜錄》等，唐・李濬等，木鐸出版社。
5. 《三水小牘》，唐・皇甫枚，木鐸出版社。
6. 《酉陽雜俎》，唐・段成式，源流出版社。
7. 《傳奇小說選》，胡倫清編，正中書局。
8. 《唐人傳奇小說集》（《唐人小說》），汪國垣編選，世界書局。
9. 《唐人小說校釋》上下冊，王夢鷗校釋，正中書局。
10. 《唐宋傳奇選》，張友鶴選注，明文書局。
11. 《唐宋傳奇小說》，葉師慶炳編選，國家出版社。
12. 《漢魏六朝小說選》，葉師慶炳編著，弘道文化公司。
13. 《宋人小說》，李華卿編，遠東圖書公司。
14. 《唐代小說研究》，劉開榮，商務印書館。
15. 《唐代傳奇研究》，祝秀俠，文化大學出版部。
16. 《變文與唐人小說之研究》，尉天驄，著者自印本。
17. 《唐人小說研究一至四集》，王夢鷗，藝文印書館。
18. 《唐代傳奇研究》，劉瑛，正中書局。

（二）

1. 《中國文學史》，葉師慶炳，學生書局。
2. 《中國小說史略》，周樹人，啓業書局。
3. 《中國小說史》，范煙橋，漢京文化公司。
4. 《中國小說發達史》，譚正璧，啓業書局。

5. 《中國小說史》上下冊，孟瑤，傳記文學出版社。

6. 《唐人傳奇》（《中國古典小說史話》第二部），吳志達，木鐸出版社。

7. 《中國小說史論叢》，龔鵬程、張火慶，學生書局。

8. 《中國文學中的小說傳統》，西諦，木鐸出版社。

（三）

1. 《史記》，漢・司馬遷，鼎文書局。

2. 《舊唐書》，後晉・劉昫等，鼎文書局。

3. 《新唐書》，宋・歐陽修、宋祁，鼎文書局。

4. 《隋唐五代史》，傅樂成，長橋出版社。

5. 《漢唐史論集》，傅樂成，聯經出版公司。

6. 《唐詩人李益生平及其作品》，王夢鷗，藝文印書館。

（四）

1. 《小說概論》，梁宗之編著，康樂月刊社。

2. 《短篇小說作法研究》，威廉著，張志澄編譯，商務印書館。

3. 《小說的研究》，培理著，湯澄波譯，商務印書館。

4. 《小說與戲劇》，蔣伯潛，世界書局。

5. 《詩學箋注》，亞里斯多德著，姚一葦譯，國立編譯館。

6. 《藝術的奧祕》，姚一葦，開明書店。

7. 《現代小說論》，周伯乃，三民書局。

8. 《小說面面觀》，佛斯特著，李文彬譯，志文出版社。

9. 《小說的分析》，W・Kenney 著，陳迺臣譯，成文出版社。

10. 《小說技巧》，胡菊人，遠景出版公司。

11. 《小說創作論》，羅盤，東大圖書公司。

12. 《小說理論及技巧》，任世雍，書林出版公司。

13. 《散文小說的寫作研究》，丁平編著，黎明文化公司。

14. 《小說入門》，李喬，時報出版公司。

15. 《小小說的寫作與欣賞》，Maren Elwood 著，丁樹南編譯，純文學出版社。

16. 《人物刻劃基本論》，Maren Elwood 著，丁樹南譯，傳記文學出版社，

17. 《寫作淺談》，羅勃・方登等著，丁樹南譯，學生書局。

18. 《寫作淺談續集》，歐斯金・卡德威爾等著，丁樹南譯，學生書局。

19. 《寫作的方法與經驗》，Peggy Simon Curry 等著，丁樹南譯，大地出版社。

20. 《小小說寫作》，彭歌，遠景出版社。

21. 《西洋文學術語叢刊》，顏元叔主譯，黎明文化公司。

22. 《訪名作家談寫作》，Malcolm Coaley 編，張時編譯，年鑑出版社。

23. 《文學百題》，傅東華編，文鏡文化公司。

（五）

1. 《中國小說概論》，胡懷琛，莊嚴出版社。

2. 《小說纂要》，蔣祖怡編著，正中書局。

3. 《古典小說散論》，樂師蘅軍，純文學出版社。

4. 《中國古典文學研究叢刊・小說之部》，柯慶明、林明德主編，巨流圖書公司。

5. 《中國古典小說研究專集》1、3 冊，靜宜文理學院中國古典小說研究中心編，聯經出版公司。

6. 《唐代文學全集》下冊，劉中和，世界文物出版社。

7. 《中國古典小說藝術欣賞》（《古典小說大觀園》），賈文昭、徐召勛，里仁書局。

8. 《談小說鬼》，葉師慶炳，皇冠雜誌社。

9. 《談小說妖》，葉師慶炳，洪範書店。

10. 《中國古典小說中的愛情》，葉師慶炳主編，時報出版公司。

11. 《唐代傳奇小說叢考》，李東鄉，臺大中文所碩士論文。

12. 《從唐代傳奇小說看當時的社會問題》，陳海蘭，臺大中文所碩士論文。

13. 《史記的寫作技巧研究》，朴宰雨，臺大中文所碩士論文。

14. 《唐人小說的寫作技巧研究》，俞炳甲，輔大中文所碩士論文。

15. 《唐傳奇之人物刻劃》，張曼娟，東吳中文所碩士論文。

（六）

1. 〈論短篇小說〉（收於《胡適文存》），胡適，遠東圖書公司。

2. 〈讀鶯鶯傳〉（收於《元白詩箋證稿》），陳寅恪，作者自刊本。

3. 〈論雲麓漫鈔所述傳奇與行卷之關係〉（收於《小說卮言》），馮師承基，長安出版社。

4. 〈唐代文學史兩個問題的探討〉（收於《中國文學史論文選集》（三）），羅師聯添，學生書局。

5. 〈早期的中國短篇小說〉（收於韓南《中國古典小說論集》），張保民、吳兆芳合譯，聯經出版公司。

6. 〈試探蔣防霍小玉傳的創作動機〉（收於《古典文學》第二集），傅錫壬，學生書局。

7. 〈唐傳奇的意志世界〉（收於《臺靜農先生八十壽慶論文集》），樂師衡軍，聯經出版公司。

8. 〈長恨歌與長恨歌傳一體結構問題及其主題探討〉（收於《中國史新論》），羅師聯添，傅樂治出版。

（七）

1. 〈韓愈與唐代小說〉陳寅恪撰，程會昌譯，《國文月刊》五七期。

2. 〈一枝花話〉，張政烺，《中研院史語所集刊》第二十本下冊。

3. 〈讀李娃傳〉，戴望舒，《巴黎大學漢學論叢》。

4. 〈虬髯客傳考〉，饒宗頤，《大陸雜誌》十八卷一期。

5. 〈傳記‧小說‧文學〉，王夢鷗，《傳記文學》二卷一期。

6. 〈論碑傳文及傳奇文〉，臺師靜農，《傳記文學》四卷三期。

7. 〈論唐代士風與文學〉，臺師靜農，《臺大文史哲學報》十四期。

8. 〈從廿世紀看唐人傳奇〉，李文彬，《大學雜誌》五一、五二期合刊。

9. 〈霍小玉傳評介〉，鄭明娳，《新文藝》二○九期。

10. 〈唐代神異小說所表現的兩種人生態度　枕中記與杜子春〉，王拓，《幼獅月刊》四○卷，二期。

11. 〈詩詞在中國古典小說戲曲中的應用〉，張師清徽，《中外文學》三卷十一期。

12. 〈「楊林」故事系列的原型結構〉，張漢良，《中外文學》三卷十一期。

13. 〈中國最早的短篇小說〉，黃維樑，《幼獅月刊》四一卷八期。

14. 〈唐傳奇的結構分析──以契約為定位的結構主義的應用〉，古添洪，《中外文學》四卷三期。

15. 〈張生的抉擇──談唐人小說裏的功利色彩〉，黃碧瑞，《中外文學》四卷五期。

16. 〈佛教故實與中國小說〉，臺師靜農，《東方文化》十三卷一期。

17. 〈從傳奇看唐代婦女〉，劉漫輕，《中華文化復興月刊》九卷五期。

18. 〈從杜子春看──命定性格〉，楊皖英，《書評書目》三八期。

19. 〈唐人小說中的悲劇情感〉，廖玉蕙，《幼獅學誌》十四卷一期。

20. 〈章臺之柳何青青──論柳氏傳的開展與內涵〉，龔鵬程，《鵝湖》三卷七期。

21. 〈「長恨歌」的結構與主題補說〉，王夢鷗，《聯合文學》二卷六期。

22. 〈尤物賈禍，張生忍情？批評與考證：再讀「鶯鶯傳」〉，劉紹銘，《聯合報‧副刊》1986年12月9日。